Gottlieb Stier

Geschichte und Beschreibung der Stadt Pompeji

Anatiposi

Gottlieb Stier

Geschichte und Beschreibung der Stadt Pompeji

Unveränderter Nachdruck der Originalausgabe von 1853.

1. Auflage 2023 | ISBN: 978-3-38205-280-5

Anatiposi Verlag ist ein Imprint der Outlook Verlagsgesellschaft mbH.

Verlag: Outlook Verlag GmbH, Zeilweg 44, 60439 Frankfurt, Deutschland
Vertretungsberechtigt: E. Roepke, Zeilweg 44, 60439 Frankfurt, Deutschland
Druck: Books on Demand GmbH, In de Tarpen 42, 22848 Norderstedt, Deutschland

Geschichte und Beschreibung

der

Stadt Pompeji.

Von

G. Stier.

Aus dem diesjährigen Osterprogramm des hiesigen Gymnasiums als
zweite Ausgabe
besonders abgedruckt.

Wittenberg, 1853.
Moritz Kölling's Buchhandlung.

Geschichte und Beschreibung der Stadt Pompeji ¹).

Jene beiden Länder, welche die Wiege der europäischen das heißt der Weltcultur geworden sind, haben manchen lachenden Winkel aufzuweisen, dessen Besitz von den ältesten Zeiten her, deren Kunde auf uns gekommen, ein

---

¹) Vorstehender Aufsatz war ursprünglich nur zur Mittheilung in der hiesigen litterarischen Gesellschaft bestimmt. Indessen habe ich der Aufforderung ihn hier in etwas veränderter Fassung zu veröffentlichen um so lieber Folge geleistet, da ich die Ansicht theile, daß es dem Zwecke der Programme entspricht streng wissenschaftliche Abhandlungen bisweilen mit solchen wechseln zu lassen, welche in allgemeineren Kreisen Theilnahme zu wecken die Absicht haben.

Meine Quellen sind nächst der eigenen Anschauung vornehmlich zwei Schriften gewesen:

Pompeji. Oeffentlicher Vortrag, gehalten zu Basel 27. October 1849 von Wilh. Wackernagel. 2te Auflage. Basel 1851.

Les ruines de Pompéi. Par le commandeur Stanislas d'Aloë, secrétaire des fouilles d'antiquités du Royaume. Avec un plan très-exact. Naples 1851.

Kann man auch diesem Buche bei vielen Fehlern das Lob einer gewissen Vollständigkeit in Aufzählung des Sehens- und Wissenswürdigen (welche es als Reisehandbuch empfiehlt) nicht versagen, so ist es doch keineswegs geeignet demjenigen, der die alte Campanerstadt nicht mit eignen Augen gesehn hat, ein klares einheitliches Bild davon zu geben. Im Wesentlichen konnte mir daher nur das erstgenannte Werkchen als Vorbild dienen. — Für einen Theil meiner Arbeit habe ich endlich zu nennen:

Johann Winckelmanns Sendschreiben von den Herculanischen Entdeckungen. Dresden 1762.

Desselben Nachrichten von den neuesten Herculanischen Entdeckungen. Dresden 1764.

Goro von Agyasalva „Wanderungen von Pompeji‟ war mir leider nicht mehr zur Hand.

1 *

Wette geworden ist zwischen den verschiedensten Volksstämmen. Nicht die letzte Stelle nimmt darunter das glückliche Campanien ein. Die ersten Nachrichten von Pelasgern, Tyrrhenern, Ausonern, die dort gehaust, geben uns Namen — keine Vorstellungen. Der Nebel beginnt erst sich zu lichten und vereinzelte Einblicke zu gestatten, seit die Griechen, ein Jahrhundert nach Odysseus Landungen, hier das stolze Kyme gründen, bestimmt den letzten Seufzer des letzten Römerkönigs zu vernehmen; seit sie von Kyme aus Land und Volk die Sprache, die Sitte, die Kunst von Hellas lehren. Aber ein in sich geschlossenes Volk der Campaner kennen wir auch in jener Zeit nicht, nur getrennte blühende Pflanzstädte Griechenlands, welche — die eine früher die andere später — einzelnen Schwärmen der benachbarten so lebenskräftigen Samniten erliegen und zum Theil Sprache oder doch Verfassung der Sieger annehmen. Selten lesen wir von Waffenthaten die auf campanischem Boden nicht von diesem kampfgewohnten Volke sondern von dem eingebornen Bewohner der Scholle selbst vollbracht wurden. Eine dieser wenigen haben die Römer unter ihren Niederlagen verzeichnen müssen [1]).

Als nehmlich im Jahre 310 v. Chr. während des Etruskerkrieges der Consul C. Marcius Rutilus den Samniten die Bergfeste Allifä und mit ihr die Herrschaft des Volturnusthales entreißt, landet zugleich der Flottenführer P. Cornelius mit seinen Dreiruderern an der Sarnusmündung; die Bemannung dringt plündernd, ohne Widerstand zu finden, den Fluß und seine Nebenflüßchen entlang hinauf bis Nuceria, um von da aus durch kühnen Handstreich in beiden Buchten Fuß zu fassen. Aber während im Jahre 1799 [2]) die englischen Söldner des sicilischen Königes bei ihrer Landung an gleicher Stelle von dem rauhen Volke der benachbarten Berge, welches nur Plünderungslust — keine Vaterlandsliebe kannte, gegen die eigene Republik Unterstützung fanden: rotteten sich damals die Bewohner der nehmlichen Schluchten und schanzenähnlichen Felshöhen in schöner Begeisterung für das Erbe der Väter zusammen, entrissen den Räubern die Beute, hieben die meisten nieder, und jagten die Ueberbleibenden sammt Cornelius in die Schiffe, um daheim ihre Schande zu melden.

Nächst Stabiä fällt dabei, wie vermuthet wird, der meiste Theil des Ruhmes den Bewohnern einer Stadt zu, welche uns an dieser Stelle zuerst in der Geschichte genannt

---

[1]). Livius IX, 38.
[2]) *Colletta, storia del Reame di Napoli L. IV. cap. 2, 24.*

wird: Pompeji, Pompaijo von den Samniten genannt, von den Griechen Pompeia [1]). Wie der Name [2]) sagt: sie war Stapelplatz für drei Binnenstädte zugleich, für Nuceria, Nola, Acerrä, welche ihre Waaren, entweder auf Canälen oder unmittelbar, auf den damals vermuthlich wasserreicheren Sarnus brachten [3]). Auch der eigene Handel der Stadt war nicht unbedeutend: wir lesen von Salzwerken neben dem Hafen, und werden in ihr Fabriken finden von Glaswaaren und andern Luxusartikeln. — Ihrer Lage unterhalb der Hirpinerberge, zwischen dem schluchtenreichen Mons aureus und dem beträchtlich niedrigern Vesvius, entsprach die Bevölkerung, den Griechen entfremdeter als Kyme, selbst als das drei Meilen entfernte Neapolis, und stärker mit Bergbewohnern gemischt; die Sprache die oskische der Samniten; Obrigkeiten der Meddixtutikus [4]) und Senat des nehmlichen Volks. Als Stadtheros verehrte man in einem von sicilischen Künstlern erbauten Tempel den Herakles von Herculaneum.

Die Nachrichten über die weitern Schicksale der Stadt sind uns spärlich zugemessen; nur einzelne Lichtpunkte ist es möglich herauszuheben. Nach dem unglücklichen Ausgange des Samnitenkrieges hatte sie mit dem übrigen Campanien römisches Bürgerrecht erhalten, doch ohne Stimmrecht [5]); und ihre Thore dem Einflusse römischer Sitte geöffnet. Achzig Jahre später versuchte sie, Capuas Beispiele folgend, ihre alte Selbständigkeit unter dem Schutze punischer Lanzen neu zu begründen. Umsonst: der soldatenarme Hannibal, dem die weichlichen Campaner nur Vergnügungen — nicht Kriegshülfe zu gewähren vermochten, mußte dem Sieger von Nola weichen, und Roms zweite Herrschaft lastete drükender als ehedem auf Pompeji. Noch einmal ließ sie sich mit fortreißen von dem Begeisterungssturme, der die übrigen italischen Völker zu Erkämpfung eines nichtrömischen Bundesstaates durch die heimatliche Halbinsel vereinigte. Aber während andre in andern Strichen kämpften [6]), schlug der furchtbare

---

1) Πομπεία in den meisten Ausgaben, im Strabon seit Kramer Πομπηΐα. Seltner Πομπήϊοι.
2) Von πομπή Zufuhr.
3) Strab. V. pag. 339, 22. Meineke. 247. Cas.
4) Oskisch *meddiss tovtiks* = judex publicus; denn *med - diss* = medium dicens, wie judex = jus dicens, vindex = vim indicans — s. Knötel Z. f. Alterth. VIII, 52. Anders Schömann Greifsw. Progr. 1840. — *Tovtiks* Adj. von *tovto* Staat, lettisch *tauta*, nordisch *thiodh*, goth. *thinda*, ahd. *diot*, mhd. *diet* — also etymologisch *tovtiks* = *diutisk*, deutsch.
5) 290 v. Chr. (S. Vellej. Paterc. 1, 14.
6) Florus III, 18.

Sulla den Samniten Pontius von Telesia, unter deſſen
Fahnen auch die Pompejaner fochten, plünderte und zerſtörte
das nur drei Stunden entfernte Stabiä [1]); und wiewohl es
dem tapfern Cluentius zweimal gelang die Adler des Römers
vor dem Theaterthor zurückzutreiben: zuletzt erlag der römiſchen Kriegskunſt die rohere Tapferkeit, Cluentius fiel vor
Nola wohin ihm Sulla (das kleine Pompeji verachtend) ge-
folgt war, und die Soldaten krönten den Feldherrn mit dem
Graskranze [2]). — Weder er noch ſie vergaßen die Stadt:
drei Jahre ſpäter überwies ein Decret des Dictators einer
Soldatenabtheilung den dritten Theil der Pompejaner Flur,
und es begannen für viele Jahre jene Reibungen der Bürger
mit den übermüthigen Eindringlingen, von denen ſie keine
Wohlthat genoſſen als etwa im Marianerkriege Sicherheit gegen die Plünderungen ihres alten Teleſiner Feldherrn, und
gegen die Streifereien der Bande des Spartacus, welcher
den noch nicht gefürchteten Krater des Berges zu ſeinem La-
ger umgeſchaffen hatte [3]).
　　Glücklicher war die Zeit, während P. Sulla Oberſt der
Beſatzung war, ein auch bei den Bürgern in ſolchem Grade
beliebter Mann, daß er angeklagt werden konnte die Pompejaner gegen Rom und Römer aufgewiegelt zu haben: erſt
Ciceros Beredſamkeit konnte ſeine Freiſprechung erwirken [4]).
　　Um dieſe Zeit trat nun auch Pompeji in die Reihe der
Städte am Puteolaner Meer [5]), welche von edeln Römern,
wenn ſie des Staatslebens müde waren oder aus andern
Gründen Ruhe und Erholung wollten, aufgeſucht wurden,
um in ſtiller Zurückgezogenheit in der Nähe griechiſcher Kunſt
und Sitte zu leben und die Segnungen des ſüdlichern Him-
mels zu genießen. Eben jener Cicero war es, der die Schul-
den [6]) nicht ſcheute, ſeinen drei Landhäuſern bei Puteoli ein
wenngleich minder prächtiges Pompejanum — wenige Schritte
vor dem Herculanerthor — hinzuzufügen, und dort im Ge-
nuſſe der herrlichen Fernſicht nach Capreä und Miſenum
manchen ſchönen Abend im Umgange mit ſeinem Marius ver-
lebte, deſſen Fenſter ſich nach Stabiä und den hohen Ber-

---

1) Man thut dem Veſuv zuviel Ehre an, wenn man ihn Stabiä
zum zweiten Male zerſtören läßt: nur Landhäuſer ſtunden ums
Jahr 79 an jener Stelle d. h. auf dem heutigen Gragnano.
S. Winckelmann Sendſchr. S. 13. welcher Plin. H. N. III, 5
anführt.
2) Freinsh. Liv. LXXV, 3—18.
3) Flor. III, 20. 21.
4) Cic. pro Sulla c. XXI. u. a.　Im Jahre 62 v. Chr.
5) So hieß der heutige Meerbuſen von Neapel, griech. ὁ Κρατήρ.
6) Cic. ad Atticum I, 17. 8.　Ed. Schütz I. p. 136.

gen hin öffneten [1]). Die dankbare Stadt ehrte das Anden=
ken des großen Mannes, und bewunderte manches Jahrzehnt
hindurch sein Standbild in dem Tempel den sein eingeborner
Verwandter [2]) der Duumvir M. Tullius errichtete.

Von Cicero übertrug sich die Vorliebe für diesen Winkel
der Erde auf Octavianus, der hier sich um jenes Gunst ge=
gen Antonius bewarb, und wurde der Grund zu einer neuen
Blütezeit der Stadt. Augustus schickte Colonen in das von
ihm ernannte Municipium, nach wenigen Jahren stand die
blühende Vorstadt Augustus Felix vor dem Herculanerthor;
und noch ehe Kaiser Claudius hier wo ihm sein Söhnchen
starb eine eigne Villa besaß [3]), wurde es Mode der Hofleute
niedern Ranges, nach ihrer Entlassung ihr Geld in Pompeji
zu verzehren. M. Arrius Diomedes, der Julia Freigelasse=
ner (wie man aus den Grabinschriften schließen will), be=
kleidete lange und mit Ehren das Amt eines Viertelsmei=
sters [4]) der Vorstadt. Auch er und sein Geschlecht starb
dahin, und ein neues bewohnte unter Nero die nun so hei=
ßende colonia Romana: da wurde das wie heute so damals
in phäakischer Genußsucht hinlebende Völkchen durch das erste
Feuerzeichen auf das drohende Verderben vorbereitet, durch
das alle frühern an Furchtbarkeit überbietende Erdbeben
von 63.

Noch kurz zuvor hatten sie sich von Seiten des Römi=
schen Senats eine empfindliche Demüthigung zugezogen [5]).
Der verstoßene Senator Livinejus Regulus hatte das minder
theure Pompeji ausersehen, statt in Rom nun hier sein Licht
leuchten zu lassen, und großartige Thierhatzen im Theater
veranstaltet. Wie immer waren die Nuceriner in großen
Schaaren zu Besuch gekommen; wie immer hatte es nicht
an den herkömmlichen Sticheleien zwischen den Bewohnern
beider Nachbarstädte gefehlt: Steinwürfe kamen dazu, welche
Messerstiche folgten — und die Nuceriner erhoben in Rom
ein Rachegeschrei wegen der zahllosen Verwundungen, ja Töd=

---

1) Cic. epp. ad divv. VII, 1. Ed. Schütz II. p. 152.
2) So Wackernagel S. 38. während andere den Bekämpfer Cati=
linas selbst für den Erbauer halten. Die Weihinschrift am
Architrav der Cella lautet: M. Tullius M. f.(ilius) d.(uum-)
v.(ir) j.(uri) d.(icundo) ter quinq.(uennalis) augur tr.(ibu-
nus) mil.(itum) a pop.(ulo) aedem Fortunae Aug.(ustae) solo
et pec.(unia) sua.
3) Lips. ant. lect. L. 2. c. 6. Winckelmann Nachr. S. 27. glaubt
dieselbe vor dem Herculanerthor wiedergefunden zu haben.
4) Sein Grab trägt die Aufschrift: M. Arrius J.(uliae) l.(ibertus)
Diomedes sibi suis memoriae magister pag.(i) Aug.(usti) Fe=
lic.(is) suburb.(ani).
5) Tacit. Ann. XIV, 17.

tungen ihrer Bürger. Senat und Kaiser schoben sich die Sache wechselseitig zu, der endliche Beschluß lautete: Livinejus verbannt, alle Amphitheaterspiele bis zum Jahre 70 verboten, alle geheimen Gesellschaften der Venerei, Quirites u. s. w. aufgehoben.

Das Erdbeben erfolgte am 5. Februar 63 [1]). Wie gewöhnlich begleiteten dasselbe pestilentialische der Hundsgrotte ähnliche Ausdünstungen, in Folge deren eine zahlreiche Schafherde auf der Stelle todt blieb, Menschen wahnsinnig wurden. Neapolis, Herculaneum, Nuceria litten samt und sonders, am meisten Pompeji. Bildseulen barsten mitten durch; die Grabmäler, des Forums Standbilder und Bogenhallen, Basilica und Theater, die Tempel des Jupiter, des Quirinus, der Isis stürzten ganz oder theilweise zusammen; und daß Menschenleben beklagt wurden, schließen wir aus einer der schönsten Reliefdarstellungen an einer marmornen Grabrotunde: ein Kind unter einem Trümmerhaufen, daneben die weinende Mutter.

Der römische Senat fand es der Mühe werth, zu berathen ob man den Wiederaufbau von Pompeji gestatten oder Befehl geben solle es zu verlassen. Das Erstere geschah; und wiewohl manche Familien den campanischen Boden verschworen, die werthvollsten Gemälde und Marmorstücke einpackten [2]) und das Land verließen, machte sich die Colonie selbst mit dem größten Eifer an die Wiederherstellung der zertrümmerten Tempel und Altäre. Ja die Decurionen beschlossen diese Bauten nicht nur zur Ersetzung des altmodischen Baustils durch einen zeitgemäßern zu benutzen, sondern auch die wenigen Reste altcampanischer Selbständigkeit ganz zu beseitigen und den Charakter der Stadt als einer römischen Colonie ungestörter und allgemeiner hervortreten zu lassen. Die ehrwürdigen noch an mancher Mauer weit sichtbaren oskischen Decrete wurden entfernt und ebenso wie altdorische Seulen und Gesimse zum Unterbau der neuen Paläste benutzt; statt der Arcaden sollte das Forum nun ein neudorischer Porticus umgeben, korinthischer Stil in der Gräberstraße herrschen, die Theater reichere Marmorzier erhalten.

Die Arbeit ging mit Riesenschritten vorwärts. Schon war der Isistempel durch des N. Popidius Celsinus uneigennützige Bemühungen dem Besuche der Gläubigen wieder geöffnet, und Jener, obgleich bereits sechzigjährig, von der dankbaren Stadt unter die Decurionen aufgenommen wor-

---

1) Seneca natur. quaest. VI, 1. Tacit. Ann. XV, 22.
2) Winckelmann Nachr. S. 4. Vergl. auch Geschichte der Kunst I, 4. 5. S. 568. der Wiener Ausgabe.

den [1]); die Duumvirn C. Valgus und M. Porcius hatten die für das Odeion bewilligte Summe zur Herstellung eines herrlichen Prachtbaues benutzt, im Quirinustempel fehlte nur noch der Hauptaltar, und einzig die Aufrichtung der letzten Seulenreihe am Forum sowie der Backsteintreppen, zwischen beiden Theatern verzögerte die vollständige Verjüngung der Stadt: — als die oft verlachten Drohungen des unheilvollen Nachbarberges, dessen vorgeschichtlichen Ausbrüchen sie ihre schönsten Quadern verdankten ohne es zu wissen, furchtbare Wirklichkeit wurden.

Noch zu Augustus Zeit konnte Strabon [2]) von diesem sagen „Oberhalb dieser Orte liegt der Berg Vesvius, (bis an „den Gipfel) von herrlich angebauten Feldern umgeben. Die- „ser aber ist größtentheils flach und ganz unfruchtbar, dem „Ansehn nach aschig, und man sieht daselbst Höhlungen in „porösen Steinen von russiger Farbe als wären sie vom Feuer „zerfressen; sodaß man schließen möchte, der ganze Platz habe „einmal gebrannt, enthalte Feuerkrater, und sei erloschen, „nachdem ihm der Stoff ausgegangen. Vielleicht ist grade „das der Grund der ihn umgebenden Fruchtbarkeit; wie man „sagt, daß bei Katana die Gegend so herrlichen Wein hervor- „bringt seit ein Theil mit der vom Aetna ausgeworfenen „Asche bedeckt ward.“

Dieser Vesuv war es, der am 24. August 79 die Reste Stabiäs, das blühende Pompeji samt seinen Nachbarstädt- chen Oplontis und Teglana mit Gestein und Asche (d. h. vulkanischem Sande) übergoß, der seine Lavaströme über das reiche Herculaneum ergoß; und als am vierten Tage die Sonne, die am wolkenlosen Himmel zu herrschen gewohnt war, der Finsternis Herr wurde, suchte sie vergebens die Stätten ihrer Lieblinge, denen sie so manches Jahrhundert Licht und Wärme und Wohlthaten jeder Art gespendet: Nacht bedeckte sie für anderthalb Jahrtausende. Hören wir wenig- stens einen der Berichterstatter, Dio Cassius, der um 200 n. Chr. unter Commodus schrieb [1]):

„In Campanien folgten schreckliche und seltsame Ereig- „nisse. Nehmlich gegen den Herbst desselben Jahres brach „auf ein Mal ein großes Feuer aus. Der Berg Vesvius „liegt nah am Meere bei Neapolis, und hat reichliche Feuer-

---

1) Das Frontispiz des Haupteingangs enthält folgende Zeilen: N. Popidius N. f. Celsinus aedem Isidis terrae motu conlapsam a fundamento p.(ecunia) s.(ua) restituit: hunc decuriones ob liberalitatem, cum esset annorum sexs.(aginta), ordini suo gratis adlegerunt.
2) Strab. V. pag. 339, 25. Meineke, 247. Cas.
3) Lib. LXVI. cap. 21 seqq.

„quellen. Früher war er überall gleich hoch und das Feuer
„stieg mitten aus ihm empor. Denn nur hier ist er in Brand
„gekommen, die ganze Außenseite aber ist auch bis jetzt feuer-
„los geblieben. Darum weil sich diese nie entzündet hat,
„der innere Theil aber am Feuer verdorrt und zu Asche
„wird, so haben die Gipfelwände rings umher noch jetzt die
„ursprüngliche Höhe, die ganze Brandstätte aber ist von der
„Zeit verzehrt und durch das Zusammenfallen hohl geworden,
„dergestalt daß der ganze Berg, wenn man Kleines mit
„Großem vergleichen darf, einem Schauplatze für Thierge-
„fechte ähnlich ist. Und zwar enthält seine Höhe viele Baum-
„und Weinpflanzungen, der Kreis aber ist dem Feuer über-
„lassen und giebt am Tage Rauch von sich, bei Nacht aber
„eine Flamme, so daß es aussieht als würde in ihm viel
„Räuchwerk aller Art angezündet. Und das geschieht immer
„so, bald stärker bald wieder schwächer; oft stößt er auch
„Asche aus wenn viel auf einmal eingesunken ist, und wirft
„Steine empor wenn er vom Dampfe überwältigt wird,
„dann tost und brüllt er weil er nicht feste sondern schmale
„und verborgene Luftöffnungen hat. — Das ist die Beschaf-
„fenheit des Vesuvius und solches geschieht auf ihm fast jedes
„Jahr. Alles andre aber was sich in früherer Zeit zugetra-
„gen hat — mag es auch denen die es täglich sehen unge-
„wöhnlich groß erschienen sein: dennoch möchte es alles zu-
„sammengenommen, in Vergleich mit dem was sich in dem
„Jahre begab von dem wir sprechen, gering zu achten sein.
„Es geschah nehmlich folgendes. Man glaubte viele große
„übermenschlich gewaltige Männer, wie man die Riesen malt,
„bald auf dem Berge bald in dem umliegenden Lande und
„in den Städten, bei Tag und bei Nacht auf der Erde her-
„um wandeln und in der Luft einherschweben zu sehen.
„Darauf folgte eine furchtbare Dürre und plötzliche heftige
„Erdstöße, sodaß dort der ganze Boden aufgeschüttelt wurde
„und die Höhen emporsprangen. Und Töne vernahm man,
„theils unter der Erde donnerähnlich theils über derselben wie
„Gebrülle; und zu gleicher Zeit brauste das Meer auf und
„hallte der Himmel wieder. Nach diesem hörte man plötzlich
„einen ungeheuern Knall als ob auch die Berge zusammen-
„stürzten, und es fuhren zuerst übergroße Steine empor, so-
„daß sie bis zum Gipfel selbst gelangten, dann vieles Feuer
„und entsetzlicher Rauch, sodaß die Luft ganz verdunkelt und
„die Sonne ganz verhüllt wurde als wenn sie sich verfin-
„sterte. So verwandelte sich der Tag in Nacht und das Licht
„in Schatten, und manche wähnten die Giganten stünden
„auf (denn es erschienen wiederum allerlei riesige Gestalten
„im Rauch, und man vernahm Schall wie von einer Po-
„saune): andere aber, die ganze Welt vergehe in Nichts oder

„in Feuer. Darum floh alles, die Einen aus den Häusern
„auf die Straße, andere von draußen in die Häuser, noch
„andere von der See aufs Land und von diesem aufs Meer,
„bestürzt und jede Entfernung sicherer wähnend als die Nähe.
„Während dies geschah, stürmte ungeheurer Aschenregen ein-
„her, welcher Land und Meer und die ganze Luft erfüllte.
„Dieser that an vielen Orten Schaden, wie und wo es sich
„gerade traf, an Menschen, Land und Vieh, tödtete sämt-
„liche Fische und Vögel, und verschüttete sogar zwei ganze
„Städte, Herculaneum und Pompeji [1]), da eben die Bevöl-
„kerung der letzteren im (Amphi-) Theater saß. Denn die
„Menge der Asche war überhaupt so groß, daß ein Theil
„davon bis nach Afrika, Syrien und Aegypten gelangte, so-
„gar bis nach Rom kam und hier die Luft erfüllte und die
„Sonne verdunkelte. Daher entstund denn auch in dieser
„Stadt eine nicht geringe, viele Tage anhaltende Furcht, denn
„keiner wußte was geschehen war und keiner konnte es ver-
„muthen; vielmehr meinte man auch hier, die ganze Welt
„kehre sich um und die Sonne sinke in die Erde und erlö-
„sche, die Erde aber erhebe sich in den Himmel. Damals
„that indes diese Asche dort keinen großen Schaden, später
„aber brach in Folge dessen eine furchtbare Pest aus.“

So weit Dio Cassius dessen Quellen die besten waren.
Für Pompeji allein minder wichtig müssen uns die bekannten Briefe des jüngeren Plinius [2]) sein, da der eine hauptsächlich nur von seines Oheims Ende spricht, welcher nicht
nach Pompeji sondern nach einem Landhause bei Stabiä
gieng und dort den Tod fand, und dem nicht zu folgen
der achzehnjährige Jüngling Philosoph (oder besser Philister)
genug war — während der andre bloß die Vorgänge zu Mi-
senum schildert. Seine Darstellung des Vulcanausbruchs
stimmt im Wesentlichen mit Dio; bemerkenswerth für unsre
Geschichte bleibt uns eben: daß der edle Admiral, durch ein
Briefchen des am Fuße des Berges wohnenden Dichters Cäsius Bassus und seiner Frau Rectina [3]) aufgefordert, diesen

---

1) τό τε Ἡρκουλάνεον καὶ τοὺς Πομπηίους.
2) Epist. VI, 16. 20.
3) Für diese Erklärung der Plinianischen Stelle entscheidet sich
jetzt auch Wackernagel. Die Vulgata läßt bekanntlich die See-
soldaten der Küstenstation Retina an Plinius schreiben. Ohne
aber unnöthiges zu wiederholen, sei mir erlaubt noch einzelnes
nachzutragen was gegen den Ort Retina sprechen möchte. Einmal wissen die italischen Chorographen wie der vielcitirte Mas-
culus, Galanti u. a. keine zweite Stelle für sein Dasein anzuführen: ihre Autorität ist also null. Es wäre sogar auffal-
lend, wenn das erst seit jüngerer Zeit so blühende Dorf Retina
(11000 Einwohner), welches grade über Herculaneum liegt,

und allen Anwohnern mittelst der Schiffe Rettung zu bringen sich anschickte (denn landeinwärts ließ sich noch weniger
Heil erwarten), jedoch durch starke Aschenregen gehindert zum
Pomponius in Stabiä zu fahren bestimmt wurde. Cäsius
kam um.

Von den Pompejanern aber ist wohl die geringste Anzahl in der Stadt selbst vom Tode überrascht worden; das
Amphitheater lag der Sitte gemäß dicht am Nolanerthor, die
Festgäste entkamen rasch ins Freie, und nur die zu Opfern
bestimmten acht Löwen [1]) mit wenigen Wärtern, vielleicht
nur mit den Leichen der besiegten Fechter, erreichte das Ge-
schick innerhalb des Gebäudes. Rühmlich zeichneten sich die
Soldaten aus: die Marktwache, dreiundsechzig Mann, den
berittenen Centurio an der Spitze, wichen nicht von der
Stelle, ebensowenig der Posten am Herculanerthor — man
fand das Gerippe des Braven, die Hand vor dem Munde,
in seiner Schilderhausnische. Auf die gegenüberliegende Halb-
kreisbank hatte sich eine Mutter mit drei Kindern geflüchtet:
sie überlebten den grausen Tag so wenig als die Männer
welche in der nehmlichen Straße rosenbekränzt das Leichen-
mahl ihres kaum vorangegangenen Genossen feierten, sowenig
als die achzehn Weiber und Mädchen die in des Diomedes
geräumigem Keller das Heil suchten. Man fand ihre Leich-
name mit feiner Asche bedeckt, in welcher sich nicht nur der
Oberleib mehrerer, sogar die Fäden der feingewebten Kleider
abgedrückt und die Haare erhalten hatten.

Einer der riesigen Isispriester war länger als menschliche Klugheit gestattete im Tempel zurückgeblieben und von
zunehmender Verfinsterung und Verschüttung überrascht worden: zwei Wände bereits hatte er, um auf die Straße zu
gelangen, mittelst einer Art durchhauen — da sank er er-
schöpft oder erstickt zusammen. Ein zweiter hatte rasch von
den heiligen Kostbarkeiten zusammengerafft und sich auf die
Flucht gemacht — noch im Forum stürzte der Belastete nieder. — In der Forumstraße fand man eines jungen Mannes Leiche in fester Umschlingung mit einer weiblichen. Die
meisten aber (man zählt im Ganzen vierhundert) sind mit

---

allein den Namen eines untergegangenen Ortes oder Gehöftes
bewahrt hätte, während die übrigen verschütteten Städte wie
natürlich auch ihre Namen mit hinabgenommen haben. Endlich ist die Verwandlung von intervocalischem t in s im Latei-
nischen wie Italienischen so gut wie ohne Beispiel, und Resina wird wohl wie Portici seine Benennung aus ziemlich später Zeit datieren.

1) So sagen die Ciceroni, vergl. Wackernagel S. 29. Indessen
d'Aloe S. 6. weiß nur von (sechs) Menschengerippen, ebenso
Bulwer.

Gold und Schmuck beladen, da sie meinten mehr retten zu
können als ihnen bestimmt war, aufgefunden worden; und
manche darunter mögen eben unberufene Retter gewesen sein:
das beweisen die Dietriche [1]) die sich in den Schlüsselbun-
den einiger vorfanden.

Doch genug des Jammerbildes! hat doch einer unserer
geistreichsten Zeitgenossen die letzten Tage Pompejis
zum Vorwurf eines eigenen Kunstwerks gewählt, und sich
die Mühe nicht verdrießen lassen, das in Neapel wie in
Pompeji Erhaltene alles sorgfältig benutzend, uns in treuem
Bilde die Weise vorzudenken wie das Leben jener Bevölkerung hinundherwogte und so furchtbar erstarrte. Auf ihn
verweise ich darum, wenn es gilt „diese verlassenen Straßen
„noch einmal zu bevölkern, diese anmuthigen Ruinen wieder-
„herzustellen, die Gebeine die uns zu sehen vergönnt ist wie-
„derzubeleben, die Kluft von achzehn Jahrhunderten zu über-
„springen und zu einem zweiten Dasein zu wecken — die
„Stadt der Todten" [2]).

Ihr erstes hatte geendet, und wer vermochte ihre Stätte
zu nennen, wo dem schiffbaren Flusse ein neuer Lauf, ein
neues Ufer [3]) dem Meere geworden war? — Titus dachte
daran die untergegangenen Städte wiederherzustellen, und
beauftragte zwei Senatoren mit einer prüfenden Rundreise
durch das verödete Land. Aber Titus war Gymnasiarch und
Agonothet von Neapolis: er begann sein Werk wie billig mit
Herstellung des dortigen Gymnasiums, welche Wohlthat noch
jetzt eine an alter Stelle eingemauerte zwiesprachige Inschrift [4])

---

1) *Finali, le Musée Royal-Bourbon. Naples 1843. II. pag. 117.*
2) Bulwer, die letzten Tage von Pompeji. Uebers. von Wilh.
   Schöttlen. Stuttgart 1845. S. 4.
3) Winckelmann (Sendschr. S. 11) bezweifelt zwar, daß man
   beweisen könne, Pompeji habe früher dicht an der Sarnusmündung und dem Meere gelegen — wie z. B. Pellegrini behauptet. Indes wahrscheinlich ist es in hohem Grade.
4) Ecke der Strada Nolana und Strada dell' Annunciata. Sie
   lautet:

   ΤΙΤΟΣ ΚΑΙΣΑϱ
   ουΕΣΠΑΣΙΑΝΟΣ ΣΕΒΑΣΤΟΣ
   δημαϱχικΗΣ ΕΞΟΥΣΙΑΣ ΤΟ Ι̅
   ιεϱοϱομΟΣ ΥΠΑΤΟΣ ΤΟ Π̅ ΤΕΙΜΗΤΗΣ
   αγωνΟΘΕΤΗΣΑΣ ΤΟ Γ̅ ΓΥΜΝΑΣΙΑΡΧΙΣΑΣ
   το β ΣΥΜΠΕΣΟΝΤΑ ΑΠΟΚΑΤΕΣΤΗΣΕΝ

   t. Flavius titl F. VESPASIANUS. AUG.
   tr. p. x. p. m. COS. VIII. CENSOR. P. P.
   terrae moTIBUS. CONLAPSA. RESTITUIT.

   Also Τίτος Καῖσαϱ Οὐεσπασιανὸς Σεβαστός, δημαϱχικῆς ἐξου-

preißt. Mehr zu vollbringen waren die Tage seiner Regie=
rung zu kurz gemessen, und Herculaneum und Pompeji blie=
ben verschüttet.

Ohne Plan gruben einzelne der wenigen Ueberlebenden
an der vermeintlichen Stelle ihrer Wohnung nach, um das
Werthvollere hervorzuziehn. Herculaneum allerdings erfuhr
größere Sorgfalt: mühsam gehauene Gänge lieferten manche
Bildseule ans Licht, welche die Bäder des Caracalla zu zie=
ren bestimmt wurde [1]). — Später fanden sich Nachkom=
men der Geretteten, welche den heiligen Boden der Ahnen
aufsuchten und ein neues Pompeji gründeten [2]): aber als
auch dies, im Jahre **471** wie es heißt, das gleiche Schicksal
erfuhr, verstummte der Name der Stadt, und mit ihm jede
Kunde von dem Herrlichen was der Boden barg.

Die rohen Zeiten der Langobarden, wie die oft zurückge=
sehnten Jahre da unter schwäbischer Kaiser Herrschaft Bürger
und Bauer des Lebens froh wurde — sie hatten (mit Recht)
zu viel Freude an der Gegenwart, um nach dem „gelehrten
Plunder“ der heidnischen Vergangenheit zu graben; und wenn
in der französischen, der ungarischen, der Vicekönigsperiode ja
ein Fund geschah, so war die Habsucht der Gebieter gefürchtet
genug um das öffentliche Kundwerden zu verhindern und im
Finden selbst bescheidenes Maß zu halten. Dem sei wie ihm
wolle: wo nur ein größeres Gebäude dem neuen Boden näher
war, wo die starken und breiten Mauern leichter vom Auge
erspäht wurden: da holte man sich Bausteine, Seulen und
Marmorstufen, wie man deren eben bedurfte, und verschüttete
den Ort des Raubes wiederum aufs Sorgfältigste. Was
hätten auch jener Zeit die entdeckten Papyre genützt? Erst

σίας τὸ δέκατον, ἱερονόμος, ὕπατος τὸ ὄγδοον, τιμητής, ἀγω-
νοθετήσας τὸ τρίτον, γυμνασιαρχήσας, (τὰ γυμνάσια) συμπε-
σόντα ἀποκατέστησεν. T. Flavius Titi filius Vespasianus Augustus Tribunicia potestate decimum (nach Muratori seit 71),
Pontifex maximus, Consul octavum, Pater patriae, terrae motibus conlapsa restituit. Die Ergänzungen zum Theil nach Ca=
paccio bei *P. Lasena: dell' antico ginnasio napoletano 1614 c. 4.*

1) Winckelmann Sendschr. 16. — Autorität ist folgende zu Nea=
pel gefundene Inschrift: Signa translata ex abditis locis ad
celebritatem thermarum Severianarum Audentius Saemilanus
V. C. con. camp. constituit. dedicarique precepit. curante T.
Annonio. Chrysantio v. p. Sonach gehörte z. B. die 1540 in
jenen Bädern gefundene zehn Fuß hohe Statue der Flora
(Winckelmann erklärt sie für eine Muse oder Hore) in den Studj
ursprünglich nach Herculaneum.

2) D'Aloe S. XI. Woher er diese Nachricht hat habe ich nicht fin=
den können: Galantis *Guida di Napoli ecc.* weiß nichts da=
von, soviel ich mich erinnere; denn leider ist er mir nicht mehr
zur Hand.

als Europa sich dem Zeitalter näherte, dem es aufbehalten war den Geist des Alterthums ohne Ueberschätzung des Beiwerks als die Wiege der eigenen Geistesbildung richtig zu schätzen und neu von ihm zu lernen, im Jahre 1748, nachdem bereits dreißig Jahre zuvor die Stelle Herculaneums durch Entdeckung des Theaters nachgewiesen, aber von der (östreich.) Regierung weiteres Nachforschen verboten worden war: unter dem ersten Könige den Neapel seit drei Jahrhunderten wieder s e i n nennen konnte [1]), geschah es daß Bauern beim Hacken eines Weinberges auf Gemäuer stießen und weitergrabend eine Anzahl werthvoller, Aufmerksamkeit erregender Gegenstände fanden. Die Stelle des durch äußere Vertiefung sich verrathenden Amphitheaters war von jeher aufgefallen; man hielt beides zusammen, und begann nun mit raschem Eifer zu gleicher Zeit die Bloßlegung der d r e i, wie man meinte, verschütteten Städte. Allein S t a b i ä erwies sich bald als unbedeutend, und die anfangs ausgegrabenen Zimmer [2]) wurden wieder vermauert. Eifriger ging man an H e r c u l a n e u m: zwei Hemmnisse jedoch verwehrten bald dessen vollständige Aufdeckung. Einmal der Umstand, daß man das darüber hingebaute Resina und Portici nicht aufopfern mochte; sodann der herauszuschaffende Stoff. Nicht als ob die Lava, d. h. der feurige Fluß geschmolzener Mineralien, die Stadt unmittelbar überströmt hätte — dann war alle Arbeit vergeblich; sondern die Bedeckung derselben geschah zunächst durch die feurige Asche des Berges und durch ungeheure Regengüsse, wie denn öfter der Vesuvausbruch von Wolkenbrüchen begleitet gewesen ist. Die Asche war so glühend heiß daß die Balken verkohlten, verdichtete aber dann durch die dazu geschwemmte zu einer harten Steinmasse. Nun brachen die feurigen Ströme aus und überflossen die Häuser ganz gemach durch ihren schweren und langsamen Lauf, und mit diesem Steine ist die Stadt wie mit einer Rinde bedeckt [3]).

Der Boden von P o m p e j i hingegen, wohin die Lava nicht wohl zu gleicher Zeit fließen konnte, findet sich zunächst mit einer fußhohen Lage jener äußerst feinen schwarzen Asche bedeckt welche man Papamonte nennt. Darüber eine sieben Fuß mächtige Schicht zerbröckelten Bimssteins, Rapilli genannt; eine dritte von Asche, etwa zwei Zoll dick; wieder ebensoviel Rapilli; hierauf zwei Fuß Asche; noch einmal anderthalb Fuß Rapilli; endlich eine Aschenlage von etwa vier Fuß. Darüber liegt nun ungefähr in gleicher Dicke die

---

1) Karl Bourbon 1734—1759, später als Karl III. König von Spanien.
2) Bei Prajano. Winckelmann Sendschr. S. 13.
3) Winckelmann a. a. O. S. 14.

gute Erde, die aber eben auch nichts ist als die von der Luft
zersetzte Asche [1]).

Anfänglich gieng man mit großer Emsigkeit ans Werk;
auch der König nahm hie und da Theil. Bei einem Besuche
bemerkte er einen Klumpen von eirunder Gestalt, hart wie
Stein aber schwerer als der äußerlich sichtbare Stoff schließen
ließ. Er arbeitete mehrere Tage daran den Inhalt zu erlan-
gen, fand einige Münzen von Werth und fast im Mittel-
punkte einen mit Maskengebilden bedeckten Goldring, welchen
er als Lohn für seine Mühe lange am Finger trug. Auch
diesen gab er dem Museum „als Staatseigenthum" zurück, als
er den Thron der Heimat bestieg; und man zeigt ihn jetzt als
Denkmal der Uneigennützigkeit Karls [2]). Aber wenige seiner
Beamten waren ihm gleich, noch weniger seine Nachfolger.

Aus dem Obenangegebenen ist ersichtlich wie es bei Ausgrabung Pompejis keiner bedeutenden Anstrengung, nur ver-
ständiger Sorgfalt und guten Willens bedarf. Daß auch von
diesem Geschäft das alte dies diem docet galt, man also mit
dem Ungeschick der ersten Versuche billige Nachsicht haben muß,
wird jeder zugeben: welche Nachsicht aber die Neapolitaner
in Anspruch nehmen, werden zwei Beispiele lehren, die ich
erzähle wie sie schon Winckelmann erzählt [3]).

Auf dem Herculaner Theater stund eine Quadriga, samt
dem Lenker in Lebensgröße von vergoldetem Erze; sie war von
der Lava zertrümmert worden, aber beim Auffinden fehlte
nicht ein Stück. Was geschah? Alle Stücke wurden auf
Wagen geladen, nach Neapel geführt und im Schloßhofe
abgeladen, wo dieselben in einer Ecke aufeinandergeworfen
wurden. Hier lagen sie wie altes Eisen geraume Zeit; und
nachdem hier ein Stück und dort das andre war weggetragen
worden, so entschloß man sich diesen Ueberbleibseln eine Ehre
anzuthun: ein bedeutender Theil nehmlich wurde zu zwei
großen Brustbildern König Karls und der Königin Friderike
umgeschmelzt. Allmählich fieng man das unverantwortliche
Verfahren an zu merken, und die Büsten verschwanden. Die
übrigen Stücke von dem Wagen, den Pferden, der Figur
wurden endlich wieder nach Portici geführt und in dem Gewölbe unter dem königl. Schlosse der Welt völlig aus den
Augen gerückt. Geraume Zeit nachher brachte der Aufseher
des Museums in Vorschlag aus den übrigen Pferdefragmenten
wenigstens ein einziges ganzes zusammenzusetzen, und dies
wurde beliebt und durch einige aus Rom verschriebene Erz-

---

1) D'Aloe S. XXXIII.
2) *Colletta storia d. R. di N. I. 52. 60.*
3) Sendschr. S. 24.

arbeiter Hand ans Werk gelegt. Alle und jede Stücke zu einem ganzen Pferde fanden sich freilich nicht mehr, es mußten einige neue Güsse gemacht werden, und auf diese Art brachte man endlich ein Pferd und ein schönes Pferd zu Stande, welches mit einer prahlenden Inschrift Mazzocchis versehen und im Hofe des Museums aufgerichtet wurde. Dieses Pferd — gut oder übel zusammengesetzt — schien wie aus einem Stücke zu sein, bis nach und nach die übel vereinigten Fugen sich von der Hitze öffneten: und da im März 1759 ein großer Regen fiel, lief das Wasser in die Fugen, und das Pferd bekam die Wassersucht. Diese Schande der Ergänzung suchte man aufs Sorgfältigste zu verbergen: der Hof des Museums wurde an drei Tage verschlossen gehalten, bis das Wasser aus dem Bauche abgezapft war. In diesen besorglichen Umständen ist das Pferd eine Weile stehn geblieben und später entweder ganz verschwunden oder irgendwo zu einer Königsstatue verwendet worden — denn im Museum habe ich es nicht mehr gefunden — und dies ist die Geschichte der vergoldeten Erzquadriga auf der Spitze des Theaters von Herculaneum.

Wenn dies Zeugnis für den antiquarischen Beruf des königlichen Oberaufsehers Don Jaquin Alcubierre noch nicht laut genug spricht, so füge ich ein zweites kürzeres hinzu. Am Theater wurde eine große öffentliche Inschrift entdeckt, welche aus ehernen Buchstaben von anderthalb Fuß Länge bestand. Ohne die Inschrift vorher aufzuschreiben, riß man dieselben von der Mauer ab, warf sie alle untereinander in einen Korb und zeigte sie so Seiner Majestät. Ob die Buchstaben etwas bedeuteten und was, wußte niemand zu sagen: viele Jahre standen sie im Museum willkürlich aufgehängt, und ein jeder konnte das Vergnügen haben, sich nach seinem Gefallen Worte aus diesem Geduldspiel zusammenzusetzen. Endlich aber hat man so lange studiert bis man sie in einige Worte gebracht hat, von welchen die wichtigsten Imp. Aug. sind [1]).

Bei so bewandten Umständen ist es ein wahres Glück zu nennen, daß Herr Alcubierre bald so hoch stieg, daß jene untergeordnete Aufsicht auf einen sehr verständigen Ingenieurmajor, den Schweizer Karl Weber, übergieng, und diesem verdanken wir zum großen Theil die Erhaltung der werthvollsten Gebäude. Leider litt er und eben darum der Fortgang der Ausgrabungen vielfach durch die Eifersucht des Obengenannten, seines nunmehrigen Obersten [2]); außerdem starb Weber schon vier Jahre darauf (1764), und die Sache gerieth

---

[1]) Winckelmann Sendschr. S. 19.
[2]) Winckelmann a. a. O. und Nachr. S. 6.

nun immer mehr ins Stocken. Im Jahre **1762** sah Winckel=
mann acht Arbeiter für die ganze Stadt Pompeji angestellt,
1764 allerdings etwa dreißig, meist Tuneser Sklaven — aber
auch da konnte er sich des Geständnisses nicht erwehren, daß
man in einem Monat in Rom mehr ausgrabe als in Pom=
peji während eines Jahres, und daß bei der gegenwärtigen
Schläfrigkeit noch für Nachkommen im vierten Gliede zu gra=
ben und zu finden übrig bleiben werde [1]). Und nicht die
Langsamkeit allein ist zu beklagen: dem rohen Ferdinand war
es zu lockend, jeden Raub auf die mittelalterlichen Plünde=
rungen schieben zu können, und mancher herrliche Mosaik=
boden, manches Standbild und Seulenpaar, vielleicht die
ganze weiße Marmorbekleidung des Forums wanderte in die
Gärten und Paläste der Prinzen.

Am meisten noch geschah unter den beiden französischen
Königen, besonders unter Joachim. In neuerer Zeit aber,
obgleich jährlich **7000** Ducati (= **8200** Thlr. preußisch) für die
pompejanischen Alterthümer ausgesetzt, und die Custoden wie=
derum neben den Gehältern auf Trinkgelder und ein weites
Gewissen angewiesen sind — in neuerer Zeit ist die Ausgra=
bung fast ausschließlich zu einer Festlichkeit geworden, durch
die man fremder Prinzen Anwesenheit auszeichnet: so im ver=
gangenen Jahre vor den Großfürsten von Rußland die *Casa
de' principi di Russia*. Bei keinem meiner vier mehrstün=
digen Besuche habe ich eine Spur von Thätigkeit wahrge=
nommen.

So wird es vielleicht erklärlich, warum ein Jahrhun=
dert kaum hingereicht hat außer der Ringmauer samt Thoren
und Thürmen so weit sie vorhanden, wie der Grundriß zeigt
— nicht mehr als ein Viertel der Privatwohnungen und öffent=
lichen Gebäude dem Tageslicht zurückzugeben, allerdings von
den letztern sicherlich die meisten und wichtigsten. Zum Ueber=
fluß haben die Archäologen den einzelnen Straßen und Häu=
sern nach Anleitung der Inschriften, Gemälde ꝛc. durchweg
Namen gegeben, oft treffend oft falsch: und so kann man wie
in einer Stadt von heute Straßen und Plätze durchwandern,
hier in einen Laden eintreten, dort in einen Tempel. Aber frei=
lich war (zum Theil nothwendig) mit der Wiederherstellung
der Stadt eine Plünderung ihrer Häuser verbunden. Der
Wissenschaft zunächst sollten die Entdeckungen nützen: ihr
Studium zu erleichtern zog man es daher vor, alle entfern=
baren Kunstgebilde der Häuser und Tempel in einem eigenen
Museum (seit **1758** in Portici, seit Anfang dieses Jahrhun=
derts zu Neapel in den Studj) übersichtlich zu vereinigen.

---

[1]) Winckelmann Sendschr. S. 20. 22.

Auch Gefahren aller Art bestimmten hierzu: der seit **1748** oft wiederholte Aschenregen grade in jener Richtung, absichtslose und absichtliche Beschädigung durch Neugierige, Entwendung endlich durch unberechtigte Sammler — und zu den letzten mußte man eben die im Interesse englischer Lords und deutscher Professoren thätigen Custoden selbst zählen. So sind jetzt nicht nur Feigen, Eier und Brot aus Speisekammer und Küche, Stühle und Candelaber aus den Zimmern, von den Altären und Postamenten die Standbilder ins Museum gewandert: man hat selbst die werthvolleren (das heißt fast alle) Mosaike aus den Fußböden zu gleicher Bestimmung an den genannten Ort versetzt, die Wandgemälde herausgeschnitten und zu eigenen Gallerien vereinigt. Anfangs vernichtete man sogar alle von Seiner Majestät nicht fürs Museum bestimmten Gemälde, damit sie nicht in fremde Hände kämen. Dies geschieht jetzt nicht mehr, aber die Regierung hat noch immer ausschließliches Recht auf Besitz pompejanischer Alterthümer, und der Handel mit denselben wird wie Schmuggelhandel im Geheimen getrieben.

So stehn denn die Häusermauern, deren Dachgewölbe und weniges Holzwerk schon der heiße Regen verzehrt und eingedrückt hatte, leer und nackt da; und außer den Fahrten nach Pompeji bedarf es der Besuche im bourbonischen Museum um ein einheitliches Bild von dem Leben der Stadt zu gewinnen. Zu einem Gange durch die Straßen der letztern an der Hand des beigefügten Grundrisses lade ich nunmehr ein.

Folgen wir der von Herculaneum herkommenden Via Domitiana, so gelangen wir bei dem Landhause des Diomedes, dem ersten Hause Pompejis überhaupt, in die **Gräberstraße**, welche rechts durchweg von den Grabmälern, links zum größern Theil von der wohl noch nicht ganz ausgegrabenen Vorstadt eingefaßt wird. So langen wir bald an dem jüngsten aber besterhaltenen **Stadtthore** an, jetzt passend das Thor von Herculaneum genannt. — Aber auch der heutige Eisenbahnreisende, welcher das Pflaster der Stadt in der Nähe der Basilica betritt, wird wohlthun den begleitenden Cicerone an jenem Thore seine Erklärungen beginnen zu lassen.

Es hat das genannte Thor [1] drei Durchgänge, den größern Bogen von sechzehn Fuß Weite in der Mitte, und zur Seite zwei für Fußgänger, welche sieben Fuß breit, sonst eben wie die alten Wasserleitungen enge und hoch sind. Die Tiefe des Thors beträgt achzehn Fuß, und sechs die Dicke der Pfeiler. Mitten in den Pfeilern ist von oben nach unten ein Einschnitt, um das Fallgatter herunterzulassen; sonder-

---

1) S. die genaue Beschreibung bei Winckelmann Nachr. S. 17. f.

barer Weise aber sind diese Rinnen mit Gips bekleidet. Auf dies äußere Thor folgt in einer Entfernung von 25 Fuß ein inneres von ähnlicher Bauart. Von außen ist das Thor über=weißt, und darauf nicht nur sind Inschriften in rother Farbe zu lesen, sondern man bemerkt auch daß sich darunter andre Inschriften befanden, welche durch eine leichte Uebertünchung gezwungen wurden den jetzigen Platz zu machen. Kurz wir haben hier den klarsten Commentar zu dem vor **1748** in der That unerklärten Ausdrucke: die Edicte des Prätors in albo bekannt machen, und sehen nun wie die Römer dem Mangel gedruckter Mauerzettel abhalfen. Solcher programmata (An=schläge) finden oder fanden sich in Pompeji viele an vielerlei Orten. Eines lautet „die Fechtertruppe des Aedilen Aulus „Svettius Cerius wird zu Pompeji am 31. Mai eine Thierhatz „bei bedecktem Amphitheater geben" [1]. Eine ähnliche Inschrift „die Fechtertruppe des Numerius Popidius Rufus wird den „29. October zu Pompeji mit wilden Thieren kämpfen, und „am 20. April wird das Amphitheater bedeckt sein. Dank „dem freundlichen Festgeber!" [2]

Von diesem, vormals mit einer, der beschriebenen ähnli=chen Quadriga gezierten Thore nun laufen die doppelten Be=festigungsmauern aus, mit Ausnahme des obengenannten südwestlichen Theils in ununterbrochenen Spuren erhalten. Sie bestehen aus bald mehr bald weniger regelmäßig behaue=nen Lavastücken, und die von Sulla unzerstört gebliebenen polygonal gebauten Theile lassen sich noch ziemlich herausfin=den. Die Dicke beträgt vierzehn Fuß, fünfundzwanzig die Höhe der äußern Mauer, die der innern gewöhnlich noch acht. In bestimmten Zwischenräumen tritt ein Wachtthurm von drei Stockwerken ein, welcher zugleich und namentlich für die Friedenszeiten als öffentliche Cisterne eingerichtet war. — Auch die Mauern enthalten manche Inschriften: neben den Thoren ebenfalls Ankündigungen, meist aber nur einzelne Namen und andere Spuren müßiger Lazzaroni oder einer muthwilligen Jugend.

So erstreckt sich die Stadt eine halbe Stunde lang von Westen nach Osten: den Umfang maß Winckelmann [3] auf **3860** starke Schritte. Thore waren ursprünglich acht: außer dem Herculaner das Vesuvthor, das Capuaner, das Nola=

---

[1] A. Suettii Cerii aedilis familia gladiatoria pugnabit Pompejis pr. kal. Junias; venatio et vela erunt. *Relazione degli scavi di Pompei* im *Mus. Borbon. 1. pag. 4.*

[2] N. Popidi Rufi fam.(*ilia*) glad.(*iatoria*) IV. kal. Nov. Pompe-jis: venatio; et XII kal. Maj. mala et vela erunt. O.(*ptimo*) procurator.(*i*) felicitas! *D'Aloë pag. XXXI.*

[3] Nachr. S. 3.

thor [1]), das Sarnusthor, das von Stabiä [2]), das Theater-
und Seethor. Das letzte fehlt jetzt weil dort die Mauern

---

1) Bei den ältern Berichterstattern führt es durchweg den Namen
Isisthor, aus einem spaßhaften Grunde. Bei dem Neubau
nehmlich nach dem Erdbeben hatte man den Kopf einer alten
Bildseule, vielleicht als Talisman, hier mit eingemauert;
und nicht weit davon war ein oskisches Decret unter die Bausteine gerathen, des Inhalts: *V. Popidiis V. med. tov. aama-
nuffed, isidu profatted* = Vibius Popidius V. f. meddix tuti-
cus faciendum curavit, idem probavit (*Mommsen, U. D.* 21,
Lepsius XX). Nun ließen sichs aber die Alten nicht nehmen,
und Herr d'Aloe bleibt dabei: *isidu* bedeute nicht idem, sondern Isidis, der Kopf mußte der Rest des Götterbildes sein und
ihr war das Thor heilig!

2) Daß dies schon der alte Name des Thors war schließt man aus
einer im August 1851 in der Nähe des Theaterthors entdeckten, von Garucci, Minervini und Quaranta commentierten,
und in der Zeitschrift f. vergl. Spr. II. S. 55. veröffentlichten
Inschrift. Da dieselbe aber erst im Juni 1852 von einem
Deutschen (Fr. Wentrup, Mitgl. d. archäol. Instituts zu
Rom und Adj. am hies. Gymnasium) an Ort und Stelle ver-
glichen wurde, so benuße ich die Gelegenheit, sie hier noch einmal mit seinen, bereits *Bulletino dell' instituto X. ottobre
1852 pag. 160* mitgetheilten Bemerkungen abdrucken zu lassen.

  m . siutiis . m . n . pontiis p .
  . idilis . ekak . viam . terem .
  . tens . ant . *pontiram* . staf .
  anam . viu . teremnatust . per
5. *x*. tussu . via . pompaiiana . ter
  emnattens . perek . III . ant . kai
  la . iovels . meciikiiels . ekass . vi
  ass . ini . via . iovila . ini . dekkvia
  rim . medikeis . pompaiianeis
10 serevkidimaden . uupsens . *iu*
  su . aidilis . profattens.

Am Ende der ersten Zeile sind Spuren eines p oder m vorhanden. — Z. 3 ist pontiram sehr unsicher: nach den Spuren
des Steins kann es auch hontiram heißen, aber von dem o ist
nur die unterste Ecke vorhanden, und vom n nur die zweite
Hasta. — Z. 4 der Punkt zwischen *ānam* und *viu* ist sicher. —
Z. 5 beginnt mit der zweiten Hälfte eines *x*, welche zur Noth
auch von einem *k* herrühren könnte. — Z. 6 das i am Ende
ist ganz deutlich. — Z. 7 II ist deutliche Ligatur, freilich die
einzige der ganzen Inschrift. — Z. 10 hinter serevkid befindet sich kein Punkt, sondern nur ebensolche unregelmäßige
Vertiefungen wie zwischen imad und en. Im Uebrigen sind
die Punkte sehr tief und deutlich eingegraben.

Eine endgültige Uebersetzung zu geben sehe ich mich noch
außer Stande. Doch möchte ich *tossu* (wie sicher für *tussu* zu
lesen ist: der Steinmetz war überhaupt in den Accenten lieder-
lich, vgl. *viam — via*, (a)*idilis — aidilis*) jedenfalls mit
Quaranta für *tosdu* = iidem nehmen; vgl. Marinis Lesart
iusc Bant. 20, vertheidigt von Bugge Z. f. vgl. S. II, 886

fehlen; aber auch von den übrigen sechs ist eigentlich keines mehr als eben ein Einschnitt in die Befestigung.

Die Straßen, welche nun von diesen Thoren auslaufen oder die auslaufenden verbinden, sind meist grade und eben (nur die Gräberstraße steigt gegen das Thor etwas bergan) und haben eine Breite von 20 bis gegen 30 Fuß. Das Pflaster besteht in der gewöhnlichen grauen Lava, daher die Geleise gewöhnlich sehr tief eingeschnitten sind. Zu beiden Seiten laufen 1 — 1¼ Fuß hohe Trottoirs (margines) von Puzzolanerde oder mit musivischer Steinbesetzung: die Breite oft nur zwei Fuß, in der Vorstadt aber bis acht. An vielen Straßenecken sind quer über den Fahrweg große Quadersteine zu gleicher Höhe mit den Trottoirs gelegt, mit so engen Zwischenräumen daß nur die Räder noch durchpassieren konnten: das Maulthier oder Pferd mußte springen. Da in jenem Himmelsstriche der Regen zwar selten fällt dann aber desto reichlicher, so bedurfte es solcher Vorkehrungen um das Ueberschreiten der Straße zu erleichtern; und Pompeji theilte dieselben gewiß so wenig mit allen Städten des Alterthums, als sie heutzutage z. B. in den norditalischen gefunden werden. In Neapel dagegen, wo nach starkem Regen manche Straße sogar von den Wägen gemieden wird, empfindet man heutzutage die Wohlthat solcher Brückensteine und Brücken um so lebhafter, da der wo solche fehlen unentbehrliche Lazzaron sich in der Regel die Herablassung den Nessus zu spielen nicht übel bezahlen läßt.

Geziert sind die meisten der pompejanischen Straßen mit Brunnen: ein einfaches viereckiges Becken, daran ein großer Pfeiler aus dem eine Bleiröhre hervorspringt. Die meisten wurden, wie auch die Hausbrunnen, die Bäder und das städtische Waschhaus, vom Sarnus durch dessen Canäle mit Wasser versehen. Allein diese sind jetzt verschüttet, und so haben nur zwei vom Sarnus unabhängige Brunnen noch heute wie damals eigenes Wasser: der eine auf dem Gemüse-markt, der andere im Hause des Mars und der Venus, 116 Fuß tief.

---

u. Lange (Bant. S. 20.) und andrerseits *ekkum, pokkapid = ek-dum, podkapid,* wogegen *isidum* wegen der verschiedenen Betonung nicht geltend gemacht werden kann. *Serevkidimaden* construiert Aufrecht gewiß richtig *en serevkid imad* trotz der fehlenden Punkte, doch verlangt der Zusammenhang eher jussu als ex parte ima, oder des etwas. Also etwa folgendermaßen: (Maras) Suttius M. f. N. *(umerius)* Pontius (P. f.) aediles hanc viam terminaverunt ante portam Stabianam. Via terminata est perticis (?). Iidem viam Pompejanam terminaverunt perticis (?) tribus ante cellam Jovis μειλιχίου. Has vias et viam Joviam et decumanam (oder decialem?), meddicis Pompejani jussu (?) fecerunt, iidem aediles probaverunt.

Der Grundriß der Stadt, soweit man bis jetzt von einem solchen reden kann, ordnet sich vornehmlich nach den zwei Hauptstraßen, deren eine vom Amphitheater zu den Theatern läuft, während die andere (Fortunastraße nach dem darin liegenden Tempel genannt) vom Nolanerthor in der Richtung zum Seethor geht, zuletzt aber rechts umbiegt und durch das Herculanerthor in die Vorstadt mündet. Die letztere ist vollständig bloßgelegt, jene wird zum Theil nur vermuthet. Diese Längenstraßen werden nun geschnitten von einer Anzahl Querstraßen, deren schönste offenbar die Mercurstraße ist. Alles in allem zählt man etwa fünfundzwanzig der Durchwanderung offenstehende Straßen. Der übrige Theil der Stadt ist noch mit Garten und Feld bedeckt, dessen Eigenthümer in einem darüber gebauten Bauernhause, dem Tempel Jupiters und der Juno gegenüber, wohnt.

Unter den öffentlichen Plätzen hatte das Forum triangulare, wahrscheinlich das älteste der Stadt, nur Bedeutung als Tempelhof und Spaziergang; dagegen vereinigt das Forum civile selbst in seiner jetzigen Verstümmelung Pompejis schönste Zierden. Hier herum liegen die städtischen Gebäude (Rathhaus, Waschhaus, Schlachthaus) und die Tempel; ein Gang von einigen hundert Schritten führt sodann zu den Theatern. Es ist ein glücklicher Zufall gewesen, daß man nach Ausgrabung des westlichen Theils sich grade nach Süden gewandt hat; denn es steht nicht zu erwarten, daß in den noch aufzudeckenden Theilen Bedeutenderes als eben Wohnhäuser sich finden werde: höchstens ein öffentliches Bad, ein einzelnes Tempelchen, oder etwa eine Bibliothek mit Papyren, deren man bisher nur herculanische besitzt. Bemerkenswerth aber bleibt die Sitte der Alten alle öffentlichen Gebäude an die Stadtmauer zu verlegen, sei es um den Feind bei Beschießung der Stadt an die wenigstens den Heiligthümern gebührende Schonung zu mahnen, sei es daß der Bürger durch den Anblick jener noch besser zur Verteidigung des heimatlichen Herdes angefeuert werden sollte.

Die herkömmliche Gestalt des Forums bewährt sich auch hier: ein sehr schmales Viereck, von den einmündenden Straßen ursprünglich durch eiserne Gitter absperrbar. Von Norden her eröffnet den Zugang ein großes Bogenthor, in welchem viele einen Triumphbogen erblicken; dem Stile nach vollkommen römisch, und bis auf die fehlenden Standbilder der Seitennischen ziemlich erhalten. — Daß die große dorische, aber den römischen Einfluß verrathende Halle um das Forum — theils aus Travertin= theils aus Backsteinseulen von zwölf Fuß Höhe — noch nicht ganz vollendet war, haben wir oben bei Gelegenheit des Erdbebens erwähnt, ebenso die Verwüstung welche dieser Platz im Mittelalter und in neuer

Zeit erfahren hat. Wenige Seulen sind ganz, und welche
Standbilder auf die Postamente gehörten, verräth nur hie und
da eine Inschrift, darin wir die Namen eines C. Pansa und
Q. Sallust wiederfinden. — Was die übrigen Merkwürdig=
keiten betrifft die auf dem Forum gefunden wurden, nament=
lich den Aichungsblock, welchen man genau an der von
Vitruv festgesetzten Stelle antraf: so werden wir sie später im
Museum aufzusuchen haben. Werfen wir für jetzt einen Blick
auf die den Platz umgürtenden Tempel.

  Ab Jove principium. In der That fällt der Jupiter=
tempel auch hier am ersten ins Auge: machtvolle, jetzt halb=
zertrümmerte Stufen führen zu seinem nach italischer Art stark
vortretenden Prostyl, welches die herrlichste Aus= und Ueber=
sicht über das Forum und den anstoßenden Theil der Stadt
gewährt. Zu jeder Seite trug ein nochstehendes ungeheures
Postament eine Kaiserstatue zu Pferde: nur die Beine hat
man noch gefunden. Das Vorhaus wurde von sechs Front=
seulen und vieren an jeder Seite gebildet, seit dem Erdbeben
sämtlich korinthischer Ordnung. Hier stund der Altar. Der
durch Eisengitter geschlossene dreifache Hinterraum hatte zu
seiner Einfassung je acht ionische Seulen, und enthielt außer
den Heiligthümern höchst wahrscheinlich die Stadtcasse.

  Von hier aus gesehen rechts schließt sich das größte und
einstmals schönste Heiligthum Pompejis an, der Tempel der
Venus. [1]) Ungefähr acht Fuß über die Ebene des Forums
erhaben, steigt man auch zu seinem Vorhofe eine sechzehn=
stufige Treppe empor: hier steht noch der große Altar, dessen
Aufschrift die vier Erbauer meldet; hier fand sich unter andern
Bildwerken das Bild der unbekleideten Göttin, aber zerstückt.
Auch hier zählt man eine Front von sechs Seulen, die Län=
genreihen hatten deren zwölf; alle korinthischer Ordnung. Die
herrlichsten, nun theils verblichenen theils getrennten Gemälde
aus Iliade und Dionysossagen schmückten die Wände sowohl
der Cella selbst als der anstoßenden, wenigstens zum Theil
der Priesterschaft gehörigen Zimmer, in welchen letztern fol=
gende für Erklärung der Stelle aus Tacitus (S. 6) merk=
würdige Inschrift gefunden wurde „M. Holconius Rufus
„und C. Egnatius Postumus, Rechtsduumvirn zum dritten
„Male, haben mit Einwilligung der Decurionen das Recht
„die Fenster zu schließen um 3000 Sesterze [2]) angekauft, und
„die Mauer der Gesellschaft der Venerei bis zum Dache auf=
„führen lassen" [3]).

---

[1]) In Inschriften bald als Venus fisica gefeiert, bald (zum Troste
unsrer verspotteten Sachsen) als Venus Bombejana.
[2]) Hundertfunfzig Thaler preußisch.
[3]) D'Aloë pag. 30, leider ohne den Grundtext anzuführen.

Ihnen gegenüber hielt die Quiritengesellschaft ihre ge=
wöhnlichen Zusammenkünfte in dem bei weitem kleinern Qui=
rinustempel; und mit diesem schließt zugleich die Reihe
der das Forum umgebenden Tempel. Noch weniger machen
die kleinen Heiligthümer der Fortuna und des höchsten Götter=
paars Anspruch auf Bedeutung: dieses zu erwähnen wegen
der darin verehrten irdenen Bilder des Jupiter und der Juno,
jenes an einer Straßenecke nicht weit vom Triumphbogen
gelegen und dem glücklichen Kaiser zu Ehren vom Duumvir
M. Tullius gegründet. (S. oben S. 6).

Aber an das erstere stößt noch ein Göttersitz, der nicht
mit Stillschweigen übergangen werden darf: der Tempel der
ägyptischen Isis, der einzigen Gottheit deren Altäre im
Augenblick der Gefahr nicht voll ungläubiger Verzweiflung
verlassen wurden, der letzten zu der in Pompeji Gebete
scheinen emporgestiegen zu sein. Das Gebäude ist 70 Fuß
lang und 62 Fuß breit, der Vorraum von einer dorischen
Seulenhalle eingefaßt; im Hintergrunde steht das eigentliche
Tempelhaus, zu dem man vorn sieben Stufen emporsteigt,
aber auch durch eine geheime für den Orakeltrug dienende
Treppe von hinten her gelangen konnte. Der Priester verbarg
sich dann in einem kleinen Raume unter dem Altare, der jetzt
den Blicken der Uneingeweihten offen liegt. Noch viele Denk=
mäler und Spuren dieses Gottesdienstes haben sich hier vor=
gefunden: die rothgemalten Bilder der Isis und ihres schon
dem Eintretenden Schweigen gebietenden Sohnes Harpokrates,
ferner ein Bild der Aphrodite Anadyomene, eines des Dio=
nysos; und Wandgemälde, welche den hundsköpfigen Anubis,
den Hermes samt Argos, den Vogel Ibis, den Proteus,
Krokodile, Sphinxe, und wiederum die Göttin selbst darstellen.
Sie erscheint in faltigem Gewande, den Hut auf dem Haupte,
in der Linken ein Scepter, einen Schedel unter den Füßen,
zu beiden Seiten Schlangen und Priester in ihrer herkömm=
lichen Tracht, d. h. auf dem rasierten Kopfe eine Lotosblume,
bis zum Gürtel nackt, von da abwärts in feinen Byssos
gehüllt. Zwei der schönsten Gemälde hat Winckelmann[1] be=
schrieben.

Zu beiden Seiten der Treppe stehn kleine Altäre, an
denen die berühmten Isistafeln (tabulae Isiacae) des Muse=
ums aufgehängt waren. Aber der größere Altar in der Mitte
des Vorderraums war es auf welchem man die Reste des
ebenangezündeten Opfers fand. Auch in den anstoßenden
Zimmern und Küchenräumen traten den Ausgrabenden Spu=
ren entgegen, welche die Verschüttung wie ein eben geschehe=

---

[1] Geschichte der Kunst I, 4, 5. S. 578.

nes Ereignis vor die Sinne rückten: man fand das Gerippe
eines bei Tisch sitzenden Priesters, vor ihm Eierschalen, Hüh=
nerknochen und eine Hammelskeule; am Boden lag Weinkrug
und Glas zerbrochen. Ein Küchenhaus im Hintergrunde
enthielt außer mancherlei Kochgeschirren ebenfalls Thierknochen,
Fischgräten und Seeigelschalen. Das Gerippe mit dem Beile ist
oben erwähnt worden, ebenso der Diener der auf der vergeb=
lichen Flucht durch die Straßen vom Tode ereilt wurde.

In solchem Zustande trat den Entdeckern der Tempel
der jüngsten Schutzgöttin Pompejis entgegen. Gänzlich zer=
stört dagegen fand man das dicht an der Mauer gelegene
Heiligthum des sagenhaften Gründers dieser und der Nachbar=
stadt, des altitalischen Hercules. Jedenfalls war es — so=
viel lassen die Spuren am Boden noch ahnen — ein gewal=
tiger alterthümlich dorischer Peripteros, ähnlich dem Poseidon=
tempel zu Pästum. Aber nur von wenigen Seulen stehn kurze
Stümpfe, und kaum kann man noch die neunstufige Treppe
erkennen. Dagegen steht noch die hohe den ganzen Tempel=
platz umgebende dorische Halle von neunzig Seulen der schönsten
neudorischen Bildung; sie war theils zu Turnspielen bestimmt,
theils zum Gebrauch der Theaterbesucher, um etwa einen
vorübergehenden Regenschauer abzuwarten.

Wenden wir uns nunmehr zu den weniger heiligen öffent=
lichen Bauwerken Pompejis: zunächst zum Amphitheater,
dann zu den beiden Theatern.

Jenes, im Winkel zwischen den beiden südöstlichen Tho=
ren gelegen, konnte nach Winckelmanns Berechnung [1]) an
30000 Menschen fassen, und beweist schon dadurch daß es eben
auf den Besuch der Nachbarstädte mit berechnet war. Wir
wissen ja daß die Campaner an blutigen Fechterspielen minde=
stens eben so große Lust hatten als die Römer: schon zu
Spartacus Zeiten war zu Capua eine hohe Schule für Gla=
diatoren. Die Plätze aber jener Dreißigtausend waren nach
Stand und Geschlecht verschieden: von der eirunden Platea
selbst, deren Umkreis 2500 Fuß [2]) beträgt, und deren Ebene
hier nicht, wie es sonst [3]) sich findet, durch Oeffnungen der
Behälter oder einen Canal für Krokobile unterbrochen wird,
stieg die durch zwei Gallerien in drei Abtheilungen getheilte
Cavea empor; je die obere war die geringere, grade entgegen=
gesetzt der Anordnung welche jetzt in den Amphitheatern der
spanischen Stiergefechte gilt [4]).

1) Winckelmann Sendschr. S. 11.
2) Der größte Durchmesser 400, der kleinste 315.
3) Zu Puteoli und Capua, nicht aber im Römischen Coliseo. —
Andre nehmen andre Bestimmungen jenes Canals an.
4) Wackernagel S. 28.

nes Ereigniß vor die Sinne rückten: man fand das Gerippe eines bei Tisch sitzenden Priesters, vor ihm Eierschalen, Hühnerknochen und eine Hammelskeule; am Boden lag Weinkrug und Glas zerbrochen. Ein Küchenhaus im Hintergrunde enthielt außer mancherlei Kochgeschirren ebenfalls Thierknochen, Fischgräten und Seeigelschalen. Das Gerippe mit dem Beile ist oben erwähnt worden, ebenso der Diener der, auf der vergeblichen Flucht durch die Straßen vom Tode ereilt wurde.

In solchem Zustande trat den Entdeckern der Tempel der jüngsten Schutzgöttin Pompejis entgegen. Gänzlich zerstört dagegen fand man das dicht an der Mauer gelegene Heiligthum des sagenhaften Gründers dieser und der Nachbarstadt, des altitalischen Hercules. Jedenfalls war es — soviel lassen die Spuren am Boden noch ahnen — ein gewaltiger alterthümlich dorischer Peripteros, ähnlich dem Poseidontempel zu Pästum. Aber nur von wenigen Seulen stehn kurze Stümpfe, und kaum kann man noch die neunstufige Treppe erkennen. Dagegen steht noch die hohe den ganzen Tempelplatz umgebende dorische Halle von neunzig Seulen der schönsten neudorischen Bildung; sie war theils zu Turnspielen bestimmt, theils zum Gebrauch der Theaterbesucher, um etwa einen vorübergehenden Regenschauer abzuwarten.

Wenden wir uns nunmehr zu den weniger heiligen öffentlichen Bauwerken Pompejis: zunächst zum Amphitheater, dann zu den beiden Theatern.

Jenes, im Winkel zwischen den beiden südöstlichen Thoren gelegen, konnte nach Winckelmanns Berechnung [1] an 30000 Menschen fassen, und beweist schon dadurch daß es eben auf den Besuch der Nachbarstädte mit berechnet war. Wir wissen ja daß die Campaner an blutigen Fechterspielen mindestens eben so große Lust hatten als die Römer: schon zu Spartacus Zeiten war zu Capua eine hohe Schule für Gladiatoren. Die Plätze aber jener Dreißigtausend waren nach Stand und Geschlecht verschieden: von der eirunden Platea selbst, deren Umkreis 2500 Fuß [2] beträgt, und deren Ebene hier nicht, wie es sonst [3] sich findet, durch Oeffnungen der Behälter oder einen Canal für Krokodile unterbrochen wird, stieg die durch zwei Gallerien in drei Abtheilungen getheilte Cavea empor; je die obere war die geringere, grade entgegengesetzt der Anordnung welche jetzt in den Amphitheatern der spanischen Stiergefechte gilt [4].

---

1) Winckelmann Sendschr. S. 11.
2) Der größte Durchmesser 400, der kleinste 315.
3) Zu Puteoli und Capua, nicht aber im Römischen Coliseo. — Andre nehmen andre Bestimmungen jenes Canals an.
4) Wackernagel S. 28.

Wir kehren zu der verlaſſenen Gruppe von öffentlichen Ge=
bäuden zurück, und nehmen zunächſt die **Theater** zwiſchen
Iſis= und Herculestempel in Augenſchein. Sehen wir davon
ab, daß auch hier die Marmorſtufen meiſt entwendet ſind, ſo
darf namentlich das recht gut erhaltene **tragiſche Theater** die
nächſte Stelle nach dem des Marcellus in Rom beanſpruchen.
Seine Sitze gewährten allenfalls fünftauſend Zuſchauern Raum;
wie ſich hier genau angeben läßt, da für jeden Platz ein
Raum von ſechzehn Zoll abgegrenzt iſt: mit Ausnahme der
Frauengallerie welche ſich in größere Logen theilt.

Die übrige Eintheilung der Cavea, die ebenfalls bedeckt
werden konnte, iſt wie beim Amphitheater. Leicht erkennt
man die unſerem Parterre entſprechende Orcheſtra, das den
Muſikern zugewieſene Proscenium, die Scena ſelbſt endlich
mit der dreithürigen Hinterwand, aus welcher die Schauſpieler
hervortraten deren Namen wir noch mit rother Farbe dort
angeſchrieben finden. Mitten in der Orcheſtra auf dem Po=
dium ſtieß man auf einen curuliſchen Stuhl von Bronce für
den Duumvirn der die Spiele leitete: entſprechend dem Kaiſer=
ſitze der römiſchen Theater. Von Marmor dagegen und darum
nicht entfernbar iſt der des **Odeion**, zu dem wir uns nun
wenden, und welches in Form, Einrichtung und Erhaltung
mit dem vorhergehenden weſentlich übereinſtimmt. Seine
Ausdehnung wird auf funfzehnhundert Perſonen berechnet:
man gebrauchte es beſonders zu komiſchen Darſtellungen [1]),
zu poetiſchen Wettkämpfen und muſikaliſchen Aufführungen
aller Art. Während aber die Lage dieſes Gebäudes genau
den vitruviſchen Regeln [2]) entſpricht, fällt es ſehr auf daß
daſſelbe mit einem vollſtändigen jetzt freilich weggeräumten
Dache verſehen gefunden wurde; natürlich weniger zum Schutze
gegen etwaiges Unwetter als um die Töne zuſammenzuhalten
— eine Eigenthümlichkeit für die ſich nur noch wenige Bei=
ſpiele anführen laſſen.

Was Geſtalt und Stoff der Theaterbillets betrifft, ſo
glichen ſie gewiß den beinernen von kreisrunder, auch wohl
eiförmiger oder länglichviereckiger Geſtalt aus Herculaneum [3]),

---

1) Grade wie das Teatro S. Carlino in Neapel ſeine Aufgabe
darin ſucht, Pulcinellkomödien im Volksdialekt zur Aufführung
zu bringen.
2) **Exeuntibus e theatro sinistra parte Odeon!**
3) D'Aloe S. 15 zieht hieher einige mit der Aufſchrift: *AICXY-*
ΛΟY – XII – IB oder: *HMIKYKAIA – XI-A.* Allein im The=
ater wenigſtens (wie er behauptet) können ſie nicht gefunden
ſein, da dies erſt nach 1764 ausgegraben wurde, und Winckel=
mann Sendſchr. 58. Nachr. 44. beide ſchon kennt. In der That
citiert Finati, welcher S. 119 das Verzeichnis vervollſtändigt,
dieſelben aus *Pitture d'Ercolano IV, p. III.*

und enthielten wie diese die Nummer der Sitzreihe, bisweilen auch Angabe des aufzuführenden Stücks, Abbildungen des Theaters u. a. Wahrscheinlich stammen beide Gebäude aus der Regierungszeit Octavians: für das tragische ist es durch eine Inschrift verbürgt.

In der Regel wählte man für die Theater eine der höchstgelegenen Stellen der Stadt, um die Abdachung für die Sitze zu benutzen: dies ist auch hier geschehen, und während die obersten Reihen sich mit dem Isistempel in einer Ebene befinden, liegen die übrigen in der Tiefe. Es bedurfte daher außerhalb verschiedener Verbindungstreppen: der Neubau der einen (wie oben erwähnt) zwischen den Theatern war noch nicht vollendet; eine zweite ältere führt hinab auf einen großen viereckigen seulenumgebenen Platz, an welchen einige vierzig, offenbar zu gleichem Zwecke gebaute meist einstöckige Häuschen stoßen. Die Lage nahe den Theatern, der Gefängnisraum mit Stock für die Füße der sich hier vorfand, entspricht den Anforderungen welche die römischen Architekten an den Platz für Wochenmärkte stellen: und in der That haben die Magazine von Leinwand, Tressen, Schmucksachen und Broncegeschirr in einigen Wohnungen gezeigt daß sie als Kaufläden dienten. Wir haben sonach das Forum nundinarium der Stadt vor uns, ein Platz welcher in der Regel die Waffenvorräthe miteinbegriff und deshalb eine starke Wache nöthig hatte. Bereits oben habe ich der dreiundsechzig Gerippe Erwähnung gethan; hiezu kommen Waffen von allen Gattungen, besonders Helme welche den griechischen aus Ruvo wenig nachgeben. Einige haben darum die ganze Räumlichkeit als das Soldatenquartier, die Caserne der Fechter erkennen wollen, und bringen damit einige, Fechtübungen darstellende Gemälde und Kritzeleien verschiedenen Inhalts auf Wänden und Seulen in Beziehung. Eine solche Darstellung eines Zweikampfes trägt die launige Unterschrift „wer dies beschädigt hats mit der Venus von Pompeji zu thun" [1]. — Allein wenn der Auffassung als Wochenmarkt hauptsächlich dieses entgegengehalten wird, daß eine Treppe nicht der einzige Zugang für einen solchen Platz gewesen sein könne: so ist zu erwidern, daß die Pferde der Soldaten weit eher eine andere Verbindung mit der Stadt erheischten als die Waaren, welche nicht auf Wägen sondern durch Lastträger von Ort zu Ort geschafft wurden.

Ehe wir nun zu den Privatgebäuden übergehen dürfen, ist es nothwendig noch einmal zum Forum zurückzukehren, um

---

[1] Charakteristisch für die damalige vulgäre Aussprache: Abiat Venere Pompeiiana iratam qui hoc laeserit. Lat. Habeat Venerem etc. italien. *Abbia la Venere ecc.*

die übrigen Gebäude zu betrachten welche außer den Tempeln
dasselbe umgeben. Vor allen Dingen das Stadt- und Rathhaus der Pompejaner, die Basilica: denn daß sie es ist
hat uns die Hand eines müßigen Schulknaben überliefert,
welcher den Namen [1]) zweimal an der Südwand einkratzte.
— Die Gestalt der Basiliken, die Grundform der ältesten
Kirchen, ist aus neueren Nachbildungen [2]) bekannt: ein Recht-
eck mit Seulengängen, welche hier ein völliges Viereck bilden.
Der breite Mittelraum war sicherlich unbedeckt, die Seiten-
schiffe aber vermuthlich mit Gallerien gekrönt. Dem Haupt-
eingange gegenüber erhebt sich als viereckige Bühne der Sitz
der Richter, das tribunal: darunter das Gewölbe für die
Angeklagten, welche hier den Richterspruch vernahmen um ihn
unmittelbar darauf an sich vollziehen zu lassen. Als man es
öffnete lagen darin zwei Gerippe. Dem Tribunal gegenüber
nahe dem Eingang findet sich noch ein hohes Marmorgestell:
die Reiterstatue fehlte, aber am Eingange lagen die Stücke
einer solchen Bildseule von vergoldeter Bronce. Hier also wurden die Behörden der Colonie gewählt, hier über die städtischen
Angelegenheiten berathen — und wie es auch sonst zu gehen
pflegt: kleinen und großen Kindern scheint an heißen Tagen
die Langeweile manche Inschrift eingegeben zu haben, nicht
unähnlich den Verewigungen dieser und jener Carcerwand.
So lesen wir „C. Pumidius Diphilus war hier am 7 October 676 n. Roms Erb." (78 v. Chr.) — „Lucrio und Salus
sind hier gewesen." „Damas hörst du?" [3]) Unter den wenig anständigen Zeilen einer Hetäre steht von fremder Hand
„Philokratis muß gehörig bezahlen" [4]).

Gehen wir weiter an der Südseite des Forums herum,
so stoßen wir zuerst auf die drei Curien, Spre-zimmer der
Magistratspersonen, welche hier unbedeutendere Angelegenheiten abmachten; an der nächsten Ecke sodann auf die öffentliche Bürgerschule, welcher damals Verna als Rector vor-
stand. Die Inschrift nehmlich über dem Eingange, mit der
herkömmlichen Empfehlung an den Vorgesetzten, lautet „dem
hochpreislichen Rechtsduumvir C. Capella empfiehlt sich Verna

---

1) BASSILICA. Wahrscheinlich unorthographisch, vielleicht aber
nach der grade herrschenden Weise intervocalisches s und j zu
verdoppeln, jenes besonders in griechischen Wörtern.

2) z. B. die Bonifaciuskirche in München. Alt aber ein unvoll-
kommenes Muster ist die Liebfrauenkirche in Halberstadt.

3) C. Pumidius Dipilus heic fuit ad nonas Octobreis M. Lepido
Q. Catulo Coss. — Lucrio et Salus hic fuerunt — Damas,
audi!

4) Jovs (d. i. jus) multum mittit Philocratis. *D'Aloë pag. 32.*

mit seinen Schülern"[1]). Der freie Raum, umschlossen von
einer Seulenhalle mit den prächtigsten Malereien, in der
Mitte ein hohes auf Stufen zu ersteigendes Marmorkatheder,
zeigt auch hier wie das Alterthum die Leibesübungen mit dem
Unterricht in der Wissenschaft und den drei Sprachen ver=
band. Den drei: denn daß die Landessprache noch gelehrt
wurde, schließen wir aus dem oskischen Abc, welches repetier=
lustige Scholaren hie und da an die Wand zu kratzen ange=
fangen haben.

Zwei Häuser weiter östlich schneidet hier eine Gasse ein
welche wir nicht unerwähnt lassen dürfen. Das Eckhaus
nehmlich (Nr. 32) zeigt auf der Außenwand eine flüchtige
aber nicht kunstlose Darstellung der zwölf Götter: darunter
die berüchtigten zwei Schlangen (Persius Sat. 1, 113), nebst
einigen halbmetrischen Zeilen natürlichen Inhalts[2]), wozu
in unsern deutschen Städten manch grobe Parallele zu finden
wäre.

Jenseits der Abundantiastraße folgt das Chalcidicum,
hier ein öffentliches Waschhaus bezeichnend, wo in Folge der
Stiftung einer Priesterin Eumachia die Wäsche der obrigkeit=
lichen Personen und Priester von der Walkerinnung besorgt
wurde. Zum Waschen aber bedarf man in Italien (auch in
Deutschland hie und da z. B. in Soest) steinerner Bänke
die Wäsche darauf zu klopfen, und solche umgeben denn hier
das große Marmorbassin, in welches das Wasser durch eine
unter dem Stein verborgene Röhre gelangte. Die übrigen
Stufen des Verfahrens der Alten werden auf allerlei Gemäl=
den anschaulich gemacht[3]).

Hieran reiht sich ferner der obenbesprochene unvollendete
Quirinustempel, weiter das Sitzungshaus der De=
curionen; endlich das Forum schließend ein prachtvolles, aber
hinsichtlich seiner Bestimmung räthselhaftes Gebäude, gewöhn=
lich Pantheon genannt. Diejenigen nehmlich, welche darin
ein Heiligthum der zwölf Himmlischen oder auch des vergöt=
terten Augustus sehen, nehmen die rechts sich erstreckenden
zwölf Kammern für Priestergemächer, die Marmorblöcke mit
Blutrinnen für Altäre, andere dergleichen für Postamente
der zwölf Götterbilder, einige Statuenreste für Augustus und
Livia, und die mehr als tausend Münzen jeden Gepräges

---

1) C. Capellam duumvirum j.*(uri)* d.*(icundo)* optimum *(rogat)*
   ut faveat Verna cum discentibus. *Pag. 23.*
2) Duodecim deos, et Dianam, et Jovem
   optimum maximum, habeat iratos
   quisquis hic minxerit aut cacaverit. *D'Aloë pag. XXXII.*
3) S. dieselben ausführlich beschrieben Becker Gallus 1. Aufl. II.
   S. 100.

für den Tempelschatz. Manche der mythologischen Gemälde
möchten dazu passen, sicherlich aber nicht die so häufigen
Darstellungen von Eßwaaren: Fischen, Geflügel, Schöpsen;
Weinkrügen, Füllhörnern die sich in Schüsseln ergießen, und
dergleichen; schlecht stimmte das geräumige, etwa dreißig
Personen fassende Triclinium; überhaupt der Umstand, daß
das Gebäude, außer mit dem ebensowenig genügend erklär=
ten Serapis= oder Bacchustempel in Puteoli, mit keines an=
dern Tempels Bauart Aehnlichkeit zeigt. Darum meinen
andre, die Priester der verschiedenen Tempel hätten hier die
Ueberreste der ihren Göttern dargebrachten Opfer feilgeboten;
die Verständigsten endlich, unter ihnen Kugler [1]), erklären
die Priesterzellen für Ochsenställe, und das Ganze nach Ana=
logie ähnlicher Gebäude in Rom für das öffentliche Schlacht=
haus, das macellum Pompejanum.

Aus wenigen der bis jetzt von uns durchwanderten Ge=
bäude hat die Geschichte der Kunst bedeutenden Gewinn
geschöpft. Ehe noch die campanischen Städte ihre Thore dem
nachgeborenen Besucher öffneten, kannte man Tempeltrüm=
mer in Menge, hatte man die Einrichtung der Theater und
Amphitheater an anderweiten prächtigeren Ueberbleibseln stu=
diert: nur die Lage zu einander erregt hier die besondere Auf=
merksamkeit des Alterthumsforschers, und die Frage welches
Maß die Kleinheit der Stadt den Gebäuden zuwies. Eine
ungleich größere Fülle überraschender und anziehender Beleh=
rungen entfalten die Wohnhäuser, die Gebäude für die Be=
dürfnisse des Alltagslebens überhaupt, wie wir sie im ewigen
Rom vergebens suchen: nur Pompeji besitzt solche Häuser in
langen Reihen, unter der Aschendecke in einer Unversehrtheit
uns erhalten welche allein hier möglich war, und auch hier
eben fast nur bei den niedern dadurch der Nachforschung mehr
entzogenen Privatwohnungen.

Um so schwieriger auf der andern Seite ist es grade hier,
aus dem erdrückenden Reichthum des Sichdarbietenden grade
das als gemeinsam oder charakteristisch Wichtige herauszuheben,
und doch nicht eine Darstellung der Privatalterthümer über=
haupt sondern eben der pompejanischen zu geben. Denn daß
die Sitte dieser Stadt — von der griechischen Vorzeit abge=
sehn — auch im Häuserbau nicht durchweg mit der römi=
schen zu verwechseln ist, müssen wir schon darum vermu=
then, weil überhaupt in Italien der eigentliche wärmere
Himmel erst jenseit der pomptinischen Sümpfe anhebt, erst
von da ab wahrhaft südlicher Pflanzenwuchs eintritt und süd=
licher Charakter des Lebens überhaupt.

---

1) Handbuch der Kunstgeschichte S. 288.

Schon oben hat uns ein Blick auf den Grundriß gelehrt, daß die öffentlichen Gebäude in den zwei Gruppen des Theaters und Forums den südwestlichen Theil der Stadt einnehmen, wenig oder gar nicht mit Privathäusern vermengt; diese liegen fast alle nördlich, auch wohl westlich von jenen — und so nöthigt uns die Betrachtung derselben nunmehr andre Gegenden der Stadt zu betreten als die uns bisher bekannt gewordenen.

Die Bauart des pompejanischen Hauses im Allgemeinen zu beschreiben, als seien alle nach dem nehmlichen Muster gebaut, wird manchem mißlich erscheinen; es sei mir deswegen eine Vergleichung gestattet. Auch die Verschiedenheit der deutschen Mundarten, der friesischen und der berner, der salzburger und der münsterländischen Mundart, möchte dem der Sprachforschung Unkundigen so groß erscheinen, daß er es für unmöglich erklärte, den allgemeinen Charakter des deutschen Sprachstamms gegenüber dem römisch griechischen, in nicht weniger Dialekte gespaltenen klar zu umgrenzen — hätte die Geschichte hier nicht in der deutschen Schriftsprache diese Gemeinsamkeit ausgeprägt. Aehnlich verhält es sich in unserem Falle. Zwar die sehr bestimmte Anlage des altgermanischen Wohnhauses hat höchstens der westfälische Bauer beibehalten, der gebildete Deutsche hat auch diese Spur des Volksthums abgestreift; doch aber möchte es eben so leicht sein nachzuweisen, daß dem antiken Hause gegenüber alle Häuser unsrer sächsischen Städte im Wesentlichen dieselbe Anlage der Treppe, des Hausflurs, der Küche haben, als das allen Häusern von Pompeji Gemeinsame darzustellen; und es wird noch Gelegenheit bleiben auf Verschiedenheiten, wie sie durch das Bedürfnis, die Laune oder die Mittel des Erbauers bedingt wurden, aufmerksam zu machen. Jene fast in allen wiederkehrende Einrichtung ist nun folgende.

Die Außenwand des Hauses erscheint gewöhnlich mit einem harten und glänzenden hellangestrichenen Stuck bekleidet und ist nicht selten mit Inschriften bedeckt. Zu beiden Seiten des Eingangs befinden sich bisweilen Pfeiler, z. B. an dem Hause der Figurenkapitäler [1]) zwei Seulen, mit Kapitälern welche dem Bacchuscult entnommene Gebilde tragen. Fenster enthielten diese Wände nicht, mit Ausnahme der nach innen sich erweiternden Lugscharte des Thürhüters. — Die einwärts sich öffnende Thüre befindet sich nicht in einer Linie

---

1) Von dem verstorbenen F. M. Avellino beschrieben in dem classischen Werke *Descrizione di una casa pompejana con capitelli figurati all' ingresso, dissotterrata negli anni 1831, 1832 e 1833. Napoli 1837*, welches ich im Folgenden vielfach benutzt habe.

3

mit der Straßenwand, sondern meist bleibt ein Raum zwischen ihr und den Fußwegen. Dieser entsprach dem römischen Vestibulum [1]). Von innen wurde jene seit den ältesten Zeiten durch einen starken Querbalken verschlossen, für den in der Höhe von vier Fuß zu beiden Seiten Mauerlöcher angebracht sind. — Hierauf folgt ein schmaler oft schräg aufsteigender Gang [2]), hinter welchem sich ein geräumiger viereckiger Hof öffnet, das Cavädium. Ob das altrömische Atrium diesem glich, ist nicht ausgemacht [3]). In der Mitte desselben befindet sich das Impluvium, eine ausgemauerte Vertiefung um den vom Dache strömenden Regen aufzufangen. Von allen vier Seiten nehmlich springt das Dach so weit vor, daß nur eine dem Impluvium gleiche Oeffnung übrig bleibt, Compluvium genannt, während es zugleich an den Wänden entlang bedeckte Gänge gewährt. Je nachdem die griechische Bauart vorherrschte, waren die Sparren von vier oder mehr Seulen gestützt, oft nur durch einfache Querbalken. — An der dem Eingange gegenüber liegenden Seite des Hofes finden sich öfters auf niedrigem Unterbau Reste einer stark beschlagenen und befestigten Kiste, welche bisweilen leer war, bisweilen aber auch nach Avellinos Zeugniß [4]) kostbare Marmorsculpturen, Bücher oder Geldvorräthe enthielt. Mit der Obhut derselben war ein eigener Sklave, der arcellarius, betraut.

Aus diesem Hofe nun gehn Thüren in das Gelaß des Thürhüters, und rechts und links in größere und kleinere Gemächer, besonders Schlafkammern wo sich hie und da Reste von vergoldeten Holzbettstellen finden — meistens aber ist die Unterlage für die Matratzen gemauert. Gegenüber dem Hausflur befindet sich regelmäßig das Besuchzimmer, vom Hofe nur durch Vorhänge getrennt, und von der anfänglichen Sitte hier die Urkunden aufzubewahren Tablinum

---

[1]) Mit Becker (Gallus I S. 74) von ve und stare abzuleiten: der Ort wo man außerhalb steht.

[2]) Andron, nach Mazois das prothyrum des Vitruv.

[3]) Schneider nennt den ganzen Hof cavum aedium, atrium aber die bedeckten Gänge; Mazois umgekehrt — Beweis genug, daß Gründe vorhanden sind für die gewöhnliche Auffassung als seien Beides zwei Namen einer Sache. W. A. Becker und nach ihm der neue Bearbeiter des Gallus (Rein) verstehn unter cavaedium den Hof, unter atrium den Gang den wir oben andron nannten, unter alae Parallelhallen des letztern. Vgl. noch F. Hofmanns Rec. des Gallus in Mützells Z. f. GW. VI. 10. S. 782. Es mag uns indessen trösten daß schon vor Pompejis Ende über diese Fragen gestritten wurde, wie Gellius NA. XVI, 5 beweist: Animadverti quosdam haudquaquam indoctos viros opinari, vestibulum esse partem domus primorem quam vulgus atrium vocat.

[4]) *Descrizione ecc. pag. 48.*

genannt. Daneben ein Durchgang (fauces) und zwei andre
Zimmer, von denen das eine durch die appetiterregenden
Wandgemälde so wie durch gemauerte Bank= und Tischgestelle
sich als Speisesaal (triclinium) zu erkennen giebt. — Vor
diesen drei Zimmern nun verlängert sich der Hof nach beiden
Seiten in die durch keine Thüren abgesperrten alae: in der
einen standen die Ahnenbilder auf ihren Postamenten, in bei=
den pflegten Fremde auf den Hausherrn zu warten.

So weit die Einrichtung der ältern einfachen Wohnun=
gen. In den vornehmeren, griechischer Sitte sich anschlie=
ßenden Häusern führen die fauces in einen zweiten Hof,
dessen Mitte entweder zu einem Fischbecken oder kleinen Blu=
mengarten verwendet ist: von den Seulen welche ohne Aus=
nahme diesen Mittelraum einfassen, heißt er Peristylium; die
Bestimmung aber der hier noch angebauten Zimmer blieb
durchaus dem Willen der Einzelnen überlassen. In die Wand
dieses oder schon des ersten Hofes ist das Lararium, eine
Nische für die Hausgötter, eingesprengt. Für Blumenzucht
blieb somit selten mehr Raum als eine rinnenartige Vertiefung
um das Becken, die Erde aufzunehmen: doch folgt hie und
da noch ein drittes Seulenviereck, ein eigentlicher Garten (vi-
ridarium); es schließt dann wohl eine Wand, auf welche ein
goldener Gitterzaun gemalt ist mit Gebüsch dahinter.

Die Keller sind nicht häufig; der Küche, den Vorraths=
kammern und Bädern wies man verschiedene Plätze an, bis=
weilen in den Kellern, bisweilen beim Triclinium; das aber
darf der unparteiische Topograph nicht verschweigen, daß in
jedem Falle, wie es noch heutzutage in Neapel Sitte ist, die
Küche sowohl Confluvium als Latrina mitenthielt. — Kamine
finden sich mit Ausnahme der Backöfen kaum vier in der
Stadt, ebensowenig Pferdeställe oder Wagenschuppen; viel=
leicht hatte man für das Gefährte gemeinsame Gebäude in der
Vorstadt. — Die Dächer waren, soweit die blumenbepflanz=
ten Terrassen dazu Raum ließen, flachgegiebelt nach Art des
Südens, wie einzelne Wandbilder zeigen — denn man hat
sie alle zertrümmert am Boden gefunden; von den Treppen
dagegen die auf das Dach führten zeigen sich noch hie und da
Spuren, bald außen am Hause, bald in den Zimmern selbst.

Den vollständigsten Ueberblick aller aufgezählten Räum=
lichkeiten gewährt das nach Cuspius Pansa benannte Haus an
der Fortunastraße: von ihm findet daher der Leser auf der bei=
gegebenen Tafel einen besondern Riß. Zur Vergleichung, wie
auch bei beschränktem Raume im Wesentlichen dieses Muster
jedem Baumeister vorschwebte, diene jenes Haus Avellinos,
welches zwar ein ordentliches Peristylium enthält, aber mit der
Westseite an die Mauer des Nachbarhauses angelehnt und nur
mit drei Sklavengemächern zur Seite. Ein doppeltes ist über=

haupt in Pompeji zu beachten: erstens daß der Familienvater
wegen der vielen Sklaven einer größeren Zahl Räumlichkeiten
bedurfte als dies bei uns der Fall ist; in Ansehung der
Größe zweitens, daß diese Gemächer im Verhältnis zu den
unsrigen durchweg von überraschender Kleinheit sind — selbst
die Besuch= und Speisezimmer haben selten mehr als 12 Fuß
Länge und 8—10 Breite, oft weniger. Allein es ist bekannt
daß der Bewohner des Südens mehr auf Markt und Straße
lebt als wir im „graulichen Norden"; selbst die Handwerke
werden in Neapel meistentheils vor den Thüren getrieben. Und
den Alten war das Forum und die Basilika ihre Welt, zu
Zeiten auch Theater und Bäder, Barbierstuben und Thermo=
polien; nur zum Schlafen bedurfte der Mann des Hauses,
welches den Tag über den Frauen Raum genug darbot.

Dem ungeachtet sind die inneren Räume durch die ver=
schiedensten Kunstgebilde und Malereien mit einer Sorgfalt
geschmückt welche in Verwunderung setzt. Aber der Südlän=
der ist ein Feind alles Düstern, und sogar die Leichenbegäng=
nisse Neapels zeugen noch heute von dieser Farbenliebe, ja
Farbensucht. Der Grundanstrich der Wände und Seulen ist
ein lebhaftes Roth, auch wohl Gelb; in der Mitte befinden
sich dann fast durchweg größere oder kleinere Darstellungen
aus den verschiedensten Gebieten. Freilich sind diese nicht
durchaus Kunstgemälde zu nennen: allein besonders für uns,
denen keine ächtgriechischen Malereien vorliegen, sind die pom=
pejanischen, jedenfalls der griechischrömischen Periode angehö=
rigen und von gebornen Griechen gemalten in gleichem Grade
von Bedeutung, als der nachahmende Horaz den Mangel voll=
ständiger griechischer Lyriker ersetzen muß. Viele [1]) von ihnen
und ohne Zweifel die wichtigsten haben wir eben als Nach=
bildungen älterer Meisterwerke zu betrachten, indem die zumeist
sehr bedeutsame Composition und die Auffassung oft einen
merklichen Gegensatz gegen die Ausführung bilden; auch spricht
hiefür daß manche Darstellungen sich mehrfach mit verhältnis=
mäßig geringen Abweichungen wiederholen — so daß diese
Wandgemälde eigentlich unsere heutigen Kupferstiche vertraten.
Endlich trotz der Flüchtigkeit der Ausführung, da sie nur zur
Zimmerverzierung in dieser kleinen Stadt dienen sollten, ist
die Behandlung durchgehend so geistreich, daß auch aus die=
sem Verhältnis der für unsre Fassungskraft beinahe unbe=
greifliche Kunstsinn, der die gesamte griechische Cultur durch=
drungen hat, ins helle Licht tritt.

---

[1]) Das Folgende ist entnommen aus Kuglers Kunstgeschichte S.
243. ff. Vergl. Winckelmann, Gesch. d. K. I. 4, 5, S. 580.

Was die Technik betrifft, so ist die Mehrzahl auf trocke=
nen Grund oder a tempera gemalt, viele auch al fresco. Da
man aber anfänglich meinte daß alle Gemälde auf nasse
Gründe gesetzt wären und hierüber kein Zweifel entstand, so
wurde die Art der Malerei selten näher untersucht, und alle
Gemälde gleich nach der Auffindung mit einem Erhaltungs=
firniß überzogen [1]). Daher kann man jetzt nur bei den in
neuester Zeit entdeckten Bildern Untersuchungen anstellen, und
fast alle werden für Freskomalereien gehalten. Die wichtigsten sind
natürlich ins Museum gebracht worden, unter den zurückge=
bliebenen haben einige besonders schöne einen Holzrahmen mit
vorgesetztem Glase erhalten. — Die Malereien der Hauptwände
gehören vorzugsweise dem Gebiete der griechischen Mythe an,
und bestehen wiederum theils aus historischen Compositionen,
theils aus solchen die ein mehr decoratives Gepräge haben. An
die edelsten Leistungen griechischer Kunst erinnern: Medeia
den Kindermord übersinnend (Copie eines Bildes von Timo=
machos 80 v. Chr.), Achilleus dem die Briseïs entführt wird,
Helena dem Menelaos zurückgegeben, Cheiron und Achilleus,
Kassandra vor Apollon sitzend, Zephyros und Chloris. Zu den
schlechteren gehört das Opfer der Iphigenie. — Unter den mehr
decorativen Figuren sind als höchst reizvolle Arbeiten hervorzu=
heben kleine Gestalten von Tänzerinnen, Gruppen männlicher
und weiblicher Kentauren, Bacchantinnen auf chimärischen
Thieren, und ähnliches. Eine belehrende Probe enthält Beckers
Gallus II.

Flüchtiger dagegen sind die Darstellungen auf den Ne=
benfeldern, namentlich auf den Sockeln der Wände aus=
geführt. Es sind theils zierliche Kinderscherze, theils komisch=
parodische Scenen: Amorinen und Genien die den Verkehr
des Lebens in anmuthigem Spiele nachahmen; geflügelte En=
gelchen welche Blindekuh spielen oder in einer Schusterwerkstatt
Gesellenarbeit verrichten, und dergleichen. Theils sind es
wirkliche Genremalereien, diese aber oft arg geschmiert; theils
Landschaften, wo dann die Darstellung der Architecturen und
menschlichen Figuren vorherrscht; theils endlich sogenanntes
Stillleben wie wir sie im Pseudo=Pantheon fanden: Thiere, Ge=
räthschaften, Früchte und Küchenstücke, mit großer Natur=
wahrheit gemalt und meistentheils bestimmt in den Speise=
zimmern die Eßlust der Tischgäste zu reizen. — Endlich sind
noch jene, seit Augustus Zeitalter beliebt gewordenen Dar=
stellungen phantastischer Architecturen zu erwähnen: schlanke
rohrähnliche Seulen, die sich luftig emporbauen und durch
leichtes Gebälk verbunden und mannichfach geschmückt erschei=

---

[1]) Winckelmann Sendschr. 30. Nachr. 32.

nen; theils bilden sie eine anmuthige Einrahmung der Haupt=
wände, theils treten sie als selbständige Verzierung der Ne=
benfelder auf.

Neben der eigentlichen Malerei war aber in der spätern
Römerzeit auch die mit bunten Steinchen Mode, die Mo=
saikmalerei; meistentheils um den Fußboden der Haupt=
zimmer zu schmücken, der Boden der übrigen bestand wie
noch heute aus geschlagenem Estrich (lastrico). Gewöhnlich
sind es einfache Linienverzierungen oder Blättergewinde [1]);
öfter findet man vor der Hausthür ein freundliches „will=
kommen!" [2]) in musivischer Arbeit; in einem Hause gleich
hinter der Thür das Bild eines Kettenhundes mit der be=
kannten warnenden Beischrift „nimm dich vor dem Hunde in
Acht [3]". Das größte und schönste Mosaikwerk aber, ein
Schlachtgewirr, kühn entworfen und doch (soweit es erhalten
ist) leicht überschaulich, wird mit Recht wie jene Pinselma=
lereien als Copie eines namhaften Gemäldes aus der Dia=
dochenzeit angesehn [4]). Nach der ältern Erklärung nehmlich
ist Alexander der Große zu Pferde dargestellt, auf dem Wagen
gegenüber König Dareios; während aber in Rom vor kurzem
noch gestritten ward ob in der Schlacht von Issos oder bei
Arbela, hat man sich in Deutschland einer andern Auffassung
zugewendet, welche darin ein Treffen zwischen Römern und
Galliern erblickt [5]). — Auch diese Mosaike (meistentheils aus
Steinchen von der Größe des Nagels am kleinen Finger) fin=
den sich gegenwärtig fast alle im Museum, mit Ausnahme
der Alexanderschlacht leider wiederum als Fußböden.

Soweit die allgemeine Einrichtung der vornehmsten und
schönsten Häuser Pompejis. Die meisten haben (wie oben
erwähnt) besondre Namen erhalten: so außer dem des Aedilen
Pansa das Haus des großen und das des kleinen Brun=
nens, so genannt weil in einer Nische der Peristylhinterwand
sich musivischausgelegte Becken befinden; das des Gajus
Sallustius, durch seine mythologischen Wandgewälde (Phry=
ros auf dem Widder, daneben die versinkende Helle; Eu=
ropa mit dem Stier ꝛc.) hervorstechend; endlich das Haus
des Glaucus — mit Bulwer zu reden, oder nach der Be=
namung italienischer Archäologen das des dramatischen

---

1) S. die Probe aus dem Venustempel in Becker's Gallus I.
2) Have oder Salve!
3) Cave canem.
4) Als Copie eines Gemäldes des Philoxenos oder der Helena.
Gefunden wurde es in der *casa del Fauno*, 24. October 1831.
S. Λοδοβ. Ῥοσσίου ἐγχειρ. τῆς ἀρχαιολογίας. Ἀθήνησι 1841.
σελ. 246.
5) Wackernagel S. 45.

Dichters, mit vortrefflichen Malereien. Hier sah man im Tablinum einen Dichter der in Apollons und Athenens Beisein seinen Freunden ein neues Werk vorträgt, einen Theaterdirector der seinen Schauspielern Anweisung giebt, und noch mehr Grund zu jenem Namen lag in den vorgefundenen Schauspielermasken. — Die einzelne Aufzählung anderer Privathäuser würde zu weit führen. Dagegen darf nicht übergangen werden daß die meisten dieser Paläste neben dem Vestibulum einige Läden vermiethet zu haben scheinen, wie Sallust die seinigen an einen Bäcker, einen Wein- und Oelhändler, eine Wirthschaft für warme Getränke und dergleichen; und diesen Läden kommts nun freilich mehr auf einen anlockenden Schmuck nach der Straße zu an. Es ist ein alter Ausspruch: Italien sei das Land welches am meisten von seiner ehemaligen Größe verloren, am meisten aber auch von seinen Gebräuchen beibehalten habe. Das Letztere finden wir hier ganz besonders bewahrheitet. Wie in den heutigen Schenken und Kaffeehäusern Neapels, enthält die Räumlichkeit des Ladens nichts als ein Steingemäuer zur Aufnahme der Oel- und Weinflaschen, und einen Marmortisch, wo die Gläser und Tassen geordnet standen, deren unterer Rand oft noch den Kreisabdruck des verschütteten Honigtranks zurückgelassen hat. Und wie heutzutage dort die Thür fast jedes Schankladens mit roth- gelb- und grüngestreiften Ziegeln eingefaßt erscheint, und daneben etwa eine Flasche, ein Hahn, eine Darstellung Pulcinells wie er den blonden Sohn Albions betrügt, die Vorübergehenden verlocken soll zum Stillstehn, Bewundern, Eintreten: so treffen wir über den Ladenthüren Pompejis dieselbe Ziegelverzierung, neben der Thür eines Fleischers das Bild eines Ochsen, Odysseus und die trankmischende Kirke neben dem Thermopoleum (Kaffeehaus), neben der Weinstube den traubenpflückenden Bacchus; auf eine Apotheke deutet die Schlange welche den Pinienzapfen verzehrt, auf gleich baare Bezahlung ein Mercur mit dem offenen Beutel in der Hand.

Auch liest man außen in der Regel den rothgemalten Namen des Eigenthümers wie man meint, bald in der Landessprache, bald lateinisch; sehr häufig höflich eingekleidet in eine Bitte an den Vorgesetzten um fernere Gewogenheit, wie wir eine solche bereits in der Schule des Verna fanden, und abwechselnd mit Kundmachungen aller Art, wie sie eben unsern Schildern und Kreisblattannoncen entsprechen mußten. — Neben dem Laden eines Fischverkäufers stand „der Thunfischhändler Photinus erbittet sich die Gewogenheit des Aedilen Postumius Probus" [1]). Und allgemeiner „Macerio und alle

---

[1]) Postumium Prob. aed. Photinus rog. per tunnum. *D'Aloë pag.* XXX.

Freunde eines ruhigen Schlafes empfehlen sich dem Aedilen Vatia" [1]), vermuthlich mit der Bitte die nächtlichen Schreier im Zaume zu halten. — An einem Hause beim Sarnusthor las man „Auf dem Gute der Julia Felix, Spurius Tochter, sind vom **14—20** August auf fünf Jahre zu vermiethen: ein Venusbad und neunhundert Läden mit offenen Terrassen daran, so wie auch Zimmer im obern Stock. Sollte jemand die Besitzerin des Gutes nicht kennen, so kann er sich beim Aedilen Suettius Verus melden" [2]). Am zahlreichsten sind die Wirthshäuser mit Inschriften bedacht, bald Anzeigen dessen was zu haben ist, bald Erzeugnisse der augenblicklichen Laune, wie „gieb mir ein Glas Wein mit Schnee!" [3]) bald endlich sogar durch die Stadt vertheilte Wegweiser, z. B. einige Pfeiler mit oskischer Schrift folgenden Inhalts „auf diesem Wege, zwischen dem zwölften Thurme und dem Sarnusthore gelangt man dahin wo Marius Adirius wohnt" [4]).

An alle diese Localitäten für das gewöhnliche Leben schließt sich endlich noch eine Art öffentliches Gebäude an, die ziemlich in der Mitte des entdeckten Theiles gelegenen Bäder (thermae), klein wenn man sie mit den kaiserlichen zu Rom vergleicht, großartig für Pompeji — zumal wenn man bedenkt daß für die niedern Classen ein andres kunstloseres Badhaus bestimmt war, und daß andrerseits mancher Vornehme in der Regel nur das Bad seines Hauses benutzte. — Der Raum gestattet hier keine genauere Beschreibung des Ganzen; wer sich näher unterrichten will, findet in Beckers Gallus II eine ausführliche Darstellung des Gebäudes nebst Grundriß. Durch die Thür tritt man in das tonnenartig überwölbte Auskleidezimmer (apodyterium), von welchem aus man sowohl in das runde Zimmer für kalte Bäder (frigidarium, natatio) als auch in das laugeheizte Salbezimmer (tepidarium) treten konnte, und aus letzterem wieder in das warme Bad (calidarium): je nachdem der Badelustige warm

---

1) Vatiam aed. rogant Macerio dormientes universi.
2) In praedis Juliae Sp. f. Felicis locantur balneum venerium et nongentum tabernae pergulae caenacula ex idibus Aug. primis in idus Aug. sextas annos continuos quinque. S.(i) q. (uis) d.(ominam) l.(oci) e.(jus) n.(on) c.(ognoverit) a.(deat) Suettium Verum aed. Winckelmann Sendschr. S. 41 D'Aloë pag. XXVIII. liest die Schlußformel si quis domi lenocinium exerceat non conducito.
3) Da mihi frigidum pusillum.
4) *Eksuk amvianud eiiuns anter tiurri XII ini veru Sarinu puf faamat Mr. Aadiriis.* Mommsen U. D. XXIX. Faamat ist 3. s. praes. von *faamaum* (vgl. ssr. *dhâman*) = habitare, davon famulus Hausgenosse, wie οἰκέτης von οἰκεῖν. Die Uebersetzung nach Bugge in Zeitschr. f. vergl. Spr. II, 5 S. 386.

oder kalt beliebte. In der Decke fanden sich mattgeschliffene Glasfenster. Es scheint übrigens mit der Besorgung der Bäder, welche nicht viel einbringen konnte da jeder Erwachsene nur einen Quadranten (1 Pfenn. sächs.) bezahlte, noch ein Handel verbunden gewesen zu sein, denn man hat darin nahe an 1300 irdene Lampen gefunden.

Eigentliche Läden nun, d. h. Häuser welche offenbar zu dem ausdrücklichen Zwecke gebaut sind darin Handel zu treiben, treffen wir in verschiedenen Straßen an, die meisten aber wie natürlich in den Straßen welche auf das Forum münden; in der des Triumphbogens ist vornehmlich mit Glas- und Metallgeschirren gehandelt worden. Nicht zu gedenken der Schmieden mit Hämmern, Zangen und Radbeschlägen, der Backhäuser wo noch die von Sklaven gedrehten wohl mannshohen Mühlen stehn: der untere (Lava=) Stein kegelartig gestaltet, der obere wie ein Doppeltrichter; ferner Apotheken mit Pillenkästchen, die Wohnung eines Arztes mit seinen, den heutigen sehr ähnlichen Werkzeugen, und eine Bildhauerwerkstatt.

Alle die genannten Häuser stehn jetzt bis auf die nicht tragbaren Gegenstände leer; der Besucher muß sie durch seine Einbildungskraft bevölkern mit den Geräthschaften und Gegenständen, welche hier von den Ausgrabenden gefunden und dann in den großen Sälen des Museums zusammengeordnet worden sind. In diese müssen wir einige Blicke thun: sie können nicht mehr als flüchtig sein.

Indem wir diesmal an den Thüren des Erdgeschosses vorübergehn, welche zu den Inschriften, Gemälden und größern Marmor= oder Bronce=Statuen führen, treten wir zunächst, über das obenerwähnte Hundmosaik als Schwelle, in das sogen. Zimmer der Kostbarkeiten, welches außer Karls Ring und andern Gold= und Juwelenschätzen auch die Reste der Eßwaaren enthält: Feigen, Bohnen, Rosinen, ganze und zerbrochne Eier, namentlich aber zwei runde Brote von gleicher Größe (einen Fuß im Durchmesser) und überall gleich dick (fünf Zoll). Beide sind zuerst ins Kreuz getheilt, dann diese vier Theile von neuem halbiert, im Ganzen also mit acht Einschnitten[1]). Auf dem einen ist der Name des Bäckers in erhabener Schrift abgeformt. — Hier sieht man auch die im Chalcidicum gefundenen Oliven samt Caviar, und die in Austern und Seeigeln bestehenden Ueberbleibsel jenes Leichenmahles.

Diesem Zimmer gegenüber öffnen sich die Säle der kleinen Broncen. Zuerst Küchengeräthe aller Art: jene

---

1) Ἄρτοι ὀκτάβλωμοι. Winckelmann Sendschr. 45.

aus Bulwer bekannte dreißigfache Pfanne für Spiegeleier, Tiegel, inwendig versilberte Kasserole, Tortenbleche in Form eines Hasenbratens 2c. Ferner die schönsten einschaligen Hebelwagen und Gewichte aller Art, entweder von einfacher Gestalt mit den sich entsprechenden Inschriften „kauf'es!" „so hast du's!" [1]) und Angabe des Jahres wann sie auf dem Capitole geaicht wurden, oder in Nachahmung einer Büste gebildet. Hieran schließen sich Lampen von Bronce oder gebranntem Thon, zum Theil mit den zierlichsten Gebilden bedeckt; oft auch deren vier an einem bis zu neun Fuß hohen baumförmigen Candelaber schwebend.

Im nächsten Saale gewahren wir größere Küchengeräthe: tragbare Oefen von Erz, zum Theil in Form kleiner Castelle gebaut, sodaß das Wasser innerhalb der Wälle läuft, das Feuer im Hofraum angemacht wird, und die Eckthürme den Topf mit der Speise aufzunehmen bestimmt sind. — Ganz besonders zieht unser Auge auf sich ein Caldarium. Die Calda nehmlich, jenes punschähnliche Getränk aus Wein, Gewürz und heißem Wasser, wurde in Broncegefäßen zubereitet welche unsern Terrinen ähnelten. In der Mitte befindet sich ein bis auf den Boden herabreichender Cylinder von vier Zoll Durchmesser, bestimmt die Kohlen aufzunehmen; daher hat auch der Boden darunter vier Oeffnungen, durch welche die Asche fallen konnte. Darüber befindet sich ein beweglicher Deckel, unten ein Hahn. — Ferner Dreifüße, Weingefäße; silberne, gläserne und irdene Tassen, vollkommen gestaltet wie die heutigen und mit allerlei Aufschriften versehen. [2]) Fünf große Schränke sind mit Glaswaaren gefüllt, andre mit Flöten (aus einzelnen Knochenstücken zusammengesetzt, welche auf eine Metallröhre gezogen sind), Würfeln, Toilettensachen, silbernen Nestnadeln von acht Zoll Länge, und Ohrgehenken. Die letztern sind von der nehmlichen seltsamen Form welche noch heute dem Fremden an den Lazzaroniweibern auffällt: etwa zu vergleichen mit dem Kopfe einer Eichel samt dessen erhabenen kleinen Buckeln, sodaß die offene Seite gegen das Ohr steht.

Einen seltsamen Anblick gewähren dort die Gliraria [3]), Gefäße von gebranntem Thon, etwa zwei Fuß hoch und anderthalb im Durchmesser, mit einer mäßiggroßen Mündung: in welchen sich inwendig umher stufenweis halbrunde Tröge

---

1) EME - HABBEBIS. Der erste Buchstabe des zweiten Wortes hat hier die Gestalt der rechten Hälfte eines durchgeschnittenen H.

2) Auf einer mit Bildwerk bedeckten Tasse aus Aretino steht Bibe amice de meo! *Musée Bourbon vol. 7. pl. 29.*

3) Winckelmann Sendschr. S. 57.

befinden, ebenfalls aus Thon, für das Futter der darin ge=
haltenen glires. Diese diesseits der Alpen nicht gekannten
Thiere (ital. *ghiro*) werden noch heute gefüttert um als Lecker=
bissen verspeist zu werden, und mögen wohl mit unserm Sie=
benschläfer die meiste Aehnlichkeit haben: auch die Pompeja=
ner hielten sie wie mancher sonst seine weißen Mäuse oder
sein Eichhörnchen. —

Dies nur so einige Proben aus der ungeheuern Menge
aufgespeicherter Pompejana; und nachdem wir somit die Stadt
selbst — soweit es Raum und Zeit gestatten — betrachtet
haben, wenden wir uns schließlich zu der bereits erwähnten
Vorstadt vor dem Herculaner Thor, durch welches die von
Capua oder Puteoli kommenden Reisenden einpassierten, um
dann durch eines der drei östlichen Thore ihre Reise nach
Stabiä zur Milchkur oder weiter nach Pästum fortzusetzen.
Auch zeugen die innerhalb und außerhalb des Thores beson=
ders zahlreichen Gasthöfe von starkem Verkehre. Aber zerstört
sind die Häuser welche von hier aus in stattlicher Reihe die
breite Landstraße säumten, arg zerstört namentlich das Land=
haus Ciceros, welches von Bauli oder Cumä aus zu erblicken
nur die Schwäche der Augen ihn hinderte, wie er an Atticus
schreibt; zerstört ist das Waghaus daneben mit seinen geräu=
migen Schuppen und Thorwegen. Besser erhalten ist das
letzte Haus Pompejis, die Villa unsers alten Bekannten M.
Arrius Diomedes, noch immer nach ihm genannt da wir
ihren letzten Besitzer nicht kennen: in mancher Hinsicht das
merkwürdigste aller pompejanischen Häuser, und darum von
König Ludwig zur wohlfeileren Belehrung seiner Landsleute
aufs Treuste in Aschaffenburg nachgebildet — eine unglückliche
Wahl, wenn ein Muster des römischen Wohnhauses gegeben
werden sollte; eine glückliche, wenn es da's pompejanische
Haus zu wählen galt, dessen Bewohner die lebendigste Theil=
nahme für ihr Schicksal zu wecken vermochten. — Das Ganze
zerfällt in zwei Stockwerke: in das obere gelangt man über
einige unbedeutende Stufen von der Straße aus, das untere
liegt (so hat man den Hügel benutzt) in einer Ebene mit Hof
und Garten; von einem dritten, welches vielleicht über den
Boden der Verschüttung emporragte, sind nur Andeutungen
vorhanden. Wie bei Avellinos Haus ist die Thür von zwei
Seulen eingefaßt: durch sie tritt man sogleich in einen Seu=
lenhof, wie denn überhaupt die römischen Baumeister für die
Landhäuser Verlegung des Peristyls an den Eingang vor=
schreiben. Doch folgt noch ein zweiter seulenumgebener Hof=
raum, dem die schrägvorbeilaufende Straße nur die Gestalt
eines Dreiecks übrig gelassen hat. Das obere Stockwerk lief
in zwei Terrassen aus, welche eine herrliche Aussicht nach dem
von den Inseln eingefaßten Meerbusen gewähren mußten. —

Unter den übrigen Räumlichkeiten ist besonders ein zierliches fast vollständiges Bad zu nennen, sodann ein halbkreisförmiges Schlafzimmer dessen Fenster sich aus diesem Grunde nach Morgen, Mittag und Abend öffnen. An dem Alkoven fand man noch die Ringe der Vorhänge, und in demselben allerlei Toilettengegenstände. — In diesem Hause hat man verhältnismäßig die meisten menschlichen Ueberreste gefunden: neun Gerippe vor der Gartenthür, ein mit vielem Gelde beladenes, den Gartenschlüssel in der Hand, im Garten selbst; im Stalle einen Sklaven neben einer Ziege deren Hals noch die Glocke trug; in dem großen weingefüllten Keller endlich jene achzehn, welche sich nicht zur Rettung sondern zum qualvollen Tode geschmückt hatten.

So ist diese Wohnstätte welche den Lebenden ein Haus der Fröhlichkeit und des Lebens war, uns nur ein Haus des Todes. An diesen aber erinnerten den Wanderer auch in alter Zeit der Verbrennungsplatz der Todten, das Gebäude für das Todtenmahl, endlich die Grabmäler selbst, welche an beiden Seiten der Straße, wo die Häuser Raum ließen, sich erheben. Bis auf wenige tragen sie ein römisches Gepräge: theils Tempelchen ähnlich mit blendendweißer Marmorthür, theils — und dies sind die mehrsten — ruht ein altarähnlicher Würfel auf einem hohen treppenartigen Unterbau. Nischen in dem innern Gebäude bargen die Urnen mit den in Wein schwimmenden Gebeinen. Die Vorderseite enthält meist die Inschrift des Bestatteten: besonders stechen hervor das Grab des Scaurus, und das Kenotaphion des Calventius — früher auch das vom Senat gesetzte Denkmal der Erzpriesterin Mammia, jetzt aus Laune abgebrochen. Rechts und links sind die Grabmäler mit halberhabenem Bildwerk bedeckt: theils Darstellung der ehrenvollen Lebensstellung des Verstorbenen oder Vorgänge der Bestattung, theils Sinnbilder des Todes und der an ihn geknüpften Hoffnungen. Ein Theilnahme erweckendes Bild enthält das Grab des Augustuspriesters Munatius ein Schiff mit Masten und Raaen, an denen viele Hände geschäftig sind die Segel aufzubinden — es hat nach Mühen und Drangsalen den Hafen erreicht. —

Kein höherer Trost war jenen gegeben als die Hoffnung, als Schatten die Ruhe zu finden die dem Lebenden versagt war. Aber wiewohl kein Kreuz in Pompejis Ringmauern sich erhebt, noch sonst eines der Zeichen daran die ältesten Spuren des Christenglaubens erkannt werden: doch war schon funfzehn Jahre zuvor der erste Apostel an diesen Küsten gelandet, und hatte, wie die Sage erzählt, zu Puteoli den Patrobas [1]), von dem die heiligen Bücher schreiben, zum

1) Ep. ad Rom. XVI, 14.

Bischof der Gemeinde geweiht. — Dieser Glaube ist es, der seitdem sowohl Campaniens Bewohner als die fernsten Völker des Erdballs ein in Gottes Nähe seliges Leben nach dem Tode hoffen lehrt. Wandern wir darum auch bewundernd durch die Stadt eines vor Jahrtausenden lebenden vielfach bevorzugten Geschlechtes, von welchem unsere Edelsten gelernt zu haben freudig bekannten: nie doch dürfen wir darüber des höhern Vorzugs vergessen der uns vor jenen geworden ist, und welchen mancher nun dahin geschiedene Gottesmann in unsern Mauern uns tief und tiefer erkennen gelehrt hat. Wie Ciceros Landhaus im sonnigen Süden so überwuchert auch in unsrer Stadt Gras die Trümmer von Melanchthons Hörsälen, und diese Steine sowohl als Luthers Standbild und die Grabmäler beider rufen uns, auch ohne Dollmetscher der gelehrten Inschriften, laut entgegen „lernet immerhin die menschliche Weisheit von den Heiden der gottsuchenden Vorwelt: den Quell göttlichen Wissens habt ihr bei euch, und uns dankt ihr seine Reinigung. Bleibet darum unser werth, ihr lernenden und ihr lehrenden, ihr jüngeren und älteren Bewohner Wittenbergs".

Druck von Bernhard Heinrich Rübener in Wittenberg.